民间文学里的中国

母语的游戏

周益民 编著

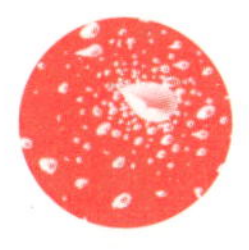

人民文学出版社

图书在版编目(CIP)数据

母语的游戏/周益民编著. —北京：人民文学出版社，2021(2025.1 重印)
(民间文学里的中国)
ISBN 978-7-02-016833-0

Ⅰ. ①母… Ⅱ. ①周… Ⅲ. ①民间文学-作品综合集-中国 Ⅳ. ①I277

中国版本图书馆 CIP 数据核字(2020)第 253114 号

责任编辑 **朱卫净 孙玉虎 吕昱雯**
装帧设计 **李苗苗**

出版发行 **人民文学出版社**
社　　址 **北京市朝内大街 166 号**
邮政编码 **100705**

印　　制 **凸版艺彩(东莞)印刷有限公司**
经　　销 **全国新华书店等**

字　　数 **111 千字**
开　　本 **710 毫米×1000 毫米 1/16**
印　　张 **11.75**
版　　次 **2021 年 9 月北京第 1 版**
印　　次 **2025 年 1 月第 4 次印刷**

书　　号 **978-7-02-016833-0**
定　　价 **45.00 元**

如有印装质量问题，请与本社图书销售中心调换。电话：010－65233595

序

前些年有一部很火的电视纪录片，叫《舌尖上的中国》，第一次通过饮食民俗来展现中国的文化形态与魅力，风靡了国内外，至今热度不减。中国饮食是中国文化的载体，舌尖上的中国真是一个很好的话题。我们是炎黄子孙，我们的祖先炎帝神农就是农业之神啊！神农故事并不是历史的档案记录，而是中华民族的核心神话，是典型的民间文学。这就让我们关注起一个更为重要的问题：民间文学里的中国。神话与传说的叙事撑起了中国农业大国的文化，塑造了中国的饮食传统，请问：没有民间文学，会有过桥米线、叫花鸡那样的美食，以及相关的饮食文化吗？酒是如何发明的？茶是如何发现的？舌尖上的中国在一定程度上就是民间文学里的中国。

但是民间文学里的视野，远远不止在舌尖上，还有着更辽阔的星辰大海。世界的由来、人类的诞生、技术的发明、行为的伦理、社会的构成、地方的塑形、历史的传述、文学的母本，都包含民间文学叙事的塑造，文化传统及其知识系统的形成在一定程度上是民间文学传播的功劳。所以，国家实施的中华优秀传统文化传承发展工程的重点项目里，《中国民间文学大系》赫然在列，就是因为其承载了太过丰厚的文化内涵。一个成熟的故事可能需要几百年甚至上千年的积淀，其间的智慧、伦理、趣味是世世代代的文化结晶，民间文学何等珍贵啊！

过去，民间文学多是由爷爷奶奶、外公外婆讲述，代代传承，或者由村落街坊的故事高手讲述，口头流传。新世纪以来，这样的传承、传播环境发生了变化。整体上，爷爷奶奶不再经常和孙辈待在一起；父母忙着给孩子辅导作业，而且自身民间文学素养不足，无法给孩子讲述；再加上居住空间日渐闭塞，村落街坊的居民互动往来在减少，所以街坊讲故事这条途径也断了。这样，民间文学的传承就历史性地落在了学校教育者身上，落在了中小学教师的身上。

今天，整个社会的文化水平提高了，人们继续靠听讲获取知识，同时更多地靠阅读来接受传统。听故事变成读故事，这是时代的趋势。那么讲故事的人可以继续讲故事，同时讲故事的人变成编故事的人，变成选故事的人，又是民间文学传承的一大变化。而在当下，熟悉少年儿童的莫过于中小学教师。中小学教师编出来的民间文学读本，是最切合中小学生阅读心理的。

但是，并不是所有的老师都有民间文学的情怀和专业知识。既是中小学教师，又是民间文学教学研究的专业人士，能将这两种身份结合在一起的人中，周益民老师就是代表。周老师长期从事语文教学，是教学名师。他对于民间文学的教学有很专注的钻研。我看过他的绕口令教学实录、巧女故事的教学资料，还有石头的故事的资料整理。内容妙趣横生，启迪智慧，传播正能量。有这样的老师在教学第一线，真是民间文学传承之业的幸运！

他编著的“民间文学里的中国”丛书（4 册）即将出版，这是中国民间文学教育的一件大事。我非常喜欢这个丛书的名称：民间文学里的中国。这首先是一种文化的自信，同时也是一种观念的改变。过去我们的文学教育往往将民间文学看得无足轻重。殊不知，杰出的文学家都是吸收民间文学营养而养成的。中国历史上的屈原、李白、曹雪芹，哪一个不是从民间文学中吸收精华而成为文学巨匠的呢？而《百年孤独》《尤利西斯》《荒原》这些现代世界名著，也都渗透着民间文学的影响。

我们如果仅仅将民间文学看成单纯的语文教育，那就看低它的价值了。民间文学是创造精神之所在，是创新的能量。我们的航天科技，月球车名叫“玉兔”，而火星探测器名曰“祝融”，不都是神话吗？只有神话般的想象力才能够托起科技创新的天空，才能够把人类带向美好的未来。

这套“民间文学里的中国”里有一本叫《四大传说》，“四大传说”是华东师范大学罗永麟先生提出来的重要概念。罗永麟先生敏锐地从千千万万个民间故事中选出来《牛郎织女》《孟姜女》《梁山伯与祝英台》《白蛇传》四个代表，不仅提升了民间文学的地位，还为向世界讲述中国故事提供了很好的范本。这些故事寄托了中国人纯粹美好的情感，寄托了对于宇宙自然的感悟情思，寄托了对于生活的美丽梦想，具有无限的想象力与深刻的智慧寓意。这些民间文学精品也需要深思回想才能领会其真谛。

希望这些选文能够让青少年朋友获得心智的启迪，陶冶美好性情，激发想象能量，领悟生活的趣味，欣赏生命的灿烂，得到健康的成长。

田兆元

2021 年六一国际儿童节于华东师范大学

一园青菜成了精

城门城门几丈高

歌比树叶多

唱得歌儿落满坡

猜谜的乐趣

俗语、谚语、歇后语

谐音有故事

语言的游戏

用韵语说故事

一园青菜成了精

一园青菜成了精[1]

胶东儿歌

出了城门往正东，
一园青菜成了精。
绿头萝卜坐大殿，
红头萝卜掌正宫。
江南反了白莲藕，
一封战表打进京。
豆芽菜跪下奏一本，
胡萝卜挂帅去出征。
白菜打着黄罗伞，
芥菜前面做先锋，
小葱使的银杆枪，
韭菜使的两刃锋。
牛腿葫芦放大炮，
绿豆角子点火绳。
轰隆隆三声大炮响，
打得辣椒满身红，

① 选自《山东省志・民俗志（下）》，山东省地方史志编纂委员会编，山东人民出版社，2016年版。

打得茄子一身紫，
打得扁豆扯起棚，
打得大蒜裂了瓣。
打得黄瓜上下青，
打得豆腐尿黄水，
打得凉粉战兢兢，
藕王一见害了怕，
一头钻进泥土中！

摇摇摇

海门童谣

摇摇摇，
一摇摇到外婆桥。
外婆叫我好宝宝，
横一抱，竖一抱。
又有饼来又有糕，
吃得宝宝眯眯笑。

月亮粑粑

湖南童谣

月亮粑粑，肚里坐个爹爹，
爹爹出来买菜，肚里坐个奶奶，
奶奶出来绣花，绣扎糍（cí）粑，
糍粑跌得井里，变扎蛤蟆，
蛤蟆伸脚，变扎喜鹊，
喜鹊上树，变扎斑鸠，
斑鸠咕咕咕，和尚呷（xiā）豆腐，
豆腐一噗（pū）渣（zhā），和尚呷粑粑，
粑粑一噗壳，和尚呷菱角，
菱角溜溜尖，和尚望哒天，
天上四个字，和尚犯哒事，
事又犯得恶，抓哒和尚砍脑壳。

山前有个严圆眼

绕口令

山前有个严圆眼，

山后有个严眼圆，

二人山前来比眼。

不知严圆眼比严眼圆的眼圆，

还是严眼圆比严圆眼的眼圆。

闲来没事出城西

绕口令

闲来没事出城西，
树木廊林长不齐。
一个一，一二三三二一，
一二三四五六七，
七六五四三二一，
六五四三二一，
五四三二一，
四三二一三二一，
二一一，一个一，
数着半天一棵树，
一棵树长着七个枝，
七个枝结着七样果，
结的是槟子橙子橘子柿子李子栗子梨。

小锦囊

连锁调与绕口令

这一组传统童谣中,《月亮粑粑》是连锁调,《山前有个严圆眼》《闲来没事出城西》是绕口令。

连锁调的特点是,采用“顶针”的修辞手法,即上一句结尾的词跟下一句开头的词相同,也可以是谐音词,首尾衔接,随韵结合,一句一句顺连下去。

绕口令,也叫急口令、拗口令,将声母、韵母或声调相近的字词,组成反复、重叠的韵语,要求快速地念出来。练习绕口令可以使人反应灵活、用气自如、吐字清晰,更可休闲逗趣。绕口令有“数数令”“假设令”“比比令”“子字令”“谐音令”等种类。

智慧谷

1.《一园青菜成了精》幽默诙谐，对蔬菜的描绘十分形象，比如，小葱的叶细而直，就说“使的银杆枪”。你还能找出其他类似的描绘吗？

2.《摇摇摇》是摇篮曲，诵读的时候要轻柔舒缓，节奏就像摇篮在轻轻摆动。

3.《山前有个严圆眼》《闲来没事出城西》是绕口令，先放慢速度练，熟练后逐渐加快速度，做到慢而不断，快而不乱。

4.《月亮粑粑》是湖南长沙童谣，其中有不少方言词，用长沙话念，格外有味道。《一园青菜成了精》《月亮粑粑》还先后被改编成了图画书，建议找来欣赏。

城门城门几丈高

十二月水果

时序歌

正月甘蔗节节长，
二月青果两头黄，
三月梅子酸汪汪，
四月枇杷满街黄，
五月杨梅红如火，
六月莲蓬水中央，
七月红菱人人爱，
八月苹果装满筐，
九月栗子张开口，
十月金橘满园香，
十一月橙子红彤彤，
十二月里黄菱肉儿脆松松。

小槐树 [①]

颠倒歌

小槐树，结樱桃。
杨柳树上结辣椒。
吹着鼓，打着号，
抬着大车拉着轿。
蝇子踏死驴。
蚂蚁踩塌桥。
木头沉了底，
石头水中漂。
小鸡叼个饿老雕，
老鼠拉个大狸猫。
你说好笑不好笑？

① 选自《传统童谣精选》，金波选编，北京少年儿童出版社，2004 年版。

刘三姐[①]对歌

问答歌

什么水面打跟斗，
什么水面起高楼，
什么水面撑阳伞，
什么水面共白头？

鸭子水面打跟斗，
大船水面起高楼，
荷叶水面撑阳伞，
鸳鸯水面共白头。

什么结果抱娘颈，
什么结果一条心，
什么结果包梳子，
什么结果披鱼鳞？

木瓜结果抱娘颈，

① 刘三姐：民间传说中的壮族人物，聪慧机敏，善于歌唱，有“歌仙”之誉。

香蕉结果一条心,
柚子结果包梳子,
菠萝结果披鱼鳞。

什么有嘴不讲话,
什么无嘴闹喳喳,
什么有脚不走路,
什么无脚走天下?

菩萨有嘴不讲话,
铜锣无嘴闹喳喳。
财主有脚不走路,
铜钱无脚走天下。

城门城门几丈高

南京童谣

城门城门几丈高?
三十六丈高。
骑大马, 带把刀,
走进城门抄一抄,
问你吃橘子吃香蕉?

小燕子

四川童谣

小燕子，
飞得高，
身上带把小剪刀，
上天去剪云朵朵，
下河去剪水波波；
剪根树枝当枕头，
剪块泥巴搭窝窝，
剪片树叶当被子，
宝宝睡得暖和和。

小锦囊

时序歌、颠倒歌与问答歌

这组童谣中,《十二月水果》是时序歌,《小槐树》是颠倒歌,《刘三姐对歌》是问答歌。

时序歌，也叫时令歌，是按季节或十二个月的顺序来表现自然景物的变化或人们的生产、生活的歌谣。

颠倒歌，也叫“古怪歌”“稀奇歌”“滑稽歌”，是把现实生活中的事物与现象加以颠倒,“反”过来说，使人产生一种古怪、奇特的感觉。在这个颠倒的世界里，四季可以打乱，雄雌可以混淆，弱者可以战胜强者。

问答歌，也叫对歌、盘歌，通过设问作答表达出作品的内容。问答歌可以是一问一答，也可以是连问连答，与谜语有异曲同工之妙。

智慧谷

1. 童谣节奏明快，音韵和谐，念诵时要注意节奏，可以打着拍子练。

2.《刘三姐对歌》在电影《刘三姐》中是以对唱的形式出现的，有兴趣的话，找到这部电影，欣赏影片中的这一片段。

3.《城门城门几丈高》是玩游戏时念的歌谣，你可以找几个小伙伴一起玩一玩。

歌比树叶多

肚里山歌万万千[1]

常熟民歌

俞钱云辉　辑

一把芝麻撒上天，

肚里山歌万万千，

南京唱到北京去，

归来还唱子二三年。

① 选自北京大学《歌谣》周刊 1923 年 4 月第十五号。

挑担山歌下扬州[①]

南京民谣

小小扁担软溜溜，
挑担山歌下扬州，
遇到一场雷暴雨，
打得山歌到处溜。

躲的躲来溜的溜，
溜得山歌满田沟，
找回山歌大半箩，
还够明年唱一秋。

① 选自《中国歌谣集成·江苏卷》，中国民间文学集成江苏卷编辑委员会编，中国 ISBN 中心，1998 年版。

山歌不唱忘记多[1]

海门山歌

山歌勿唱末[2]忘记多，
我搜搜索索还有十万八千九百九十九淘箩，
我挑仔末两淘箩从木桥石桥铁桥金桥上过，
压得桥断泼满河，
零零碎碎落勒[3]桥堍（tù）头，
我堆起仔歌山末唱山歌哎唱山歌。

---

① 选自《海门山歌》，江苏省海门市文化局、江苏省海门市教育局编，南京师范大学出版社，2003 年版。

② 末：衬词。

③ 落勒：方言，掉在。

山歌好比春江水[①]

柳州《刘三姐》剧本创作组

唱山歌，
这边唱来那边和，
山歌好比春江水，
不怕滩险湾又多。

浪送船行风送帆，
唱起山歌湾过湾，
山歌唱破千层浪，
闯过一滩又一滩。

① 选自《七场歌舞剧　刘三姐（修订本）》，柳州《刘三姐》剧本创作组创编，广西人民出版社，1979年版。

我的歌比树叶多 ①

傣族民歌

山上的树叶已经够密的了，
可我的歌比树叶还多。
我的歌，鱼塘也装不完。
就是装在大船，
也要把船压沉；
就是装在田坝，
也会把田坝淹没成歌海。

---

① 选自《原生态民歌的美学探讨》，陈蔚著，南京大学出版社，2009 年版。题目为编者加。

小锦囊

民　歌

民歌，是人民群众在生活实践中为表情达意而口头创作的一种歌曲形式，是集体智慧的结晶。劳动人民通过编唱民歌抒发感情、美化生活、记录历史。民歌是劳动人民自发的即兴编作，曲调和歌词并非固定不变，具有不断变异的特点。民歌的形式简明朴素、短小精悍，易于传唱，具有鲜明的民族特征和地域色彩。

中华诗歌的起源就是上古民歌，《诗经》中的《国风》是当时各地民歌的荟萃，《楚辞》则是楚国的民歌。

著名音乐学者田青先生说："民歌，是我们爷爷奶奶唱过的歌，是我们民族的DNA，是我们民族精神的根与魂！民歌，同时还是我们的民族史，是我们的心灵史。"

智慧谷

这组民歌表现了人民热爱歌唱、开朗活泼的性格特点。歌者是怎么表达自己的歌儿很多的呢？请你读一读，填一填，体会体会。

歌　曲	歌　词	我的发现
《肚里山歌万万千》	一把芝麻撒上天 归来还唱子二三年	
《挑担山歌下扬州》		
《山歌不唱忘记多》		
《山歌好比春江水》		
《我的歌比树叶多》		

唱得歌儿落满坡

三个老汉对山歌[①]

颜煦之

这年初春，在柳州鱼峰公园举行的歌圩（xū）[②]上，不仅有成千上万年轻人，还有满头白发的老年人哩。其中韦家三位老兄弟的对唱，最为引人注目，他们不但歌声嘹亮，而且唱词精彩。

韦老大先唱："有水呀便是那个清泉哎，无水呀便是那个青菜哎。除去呀那个清边水哎，加争呀，便是那个清静哎。清静的福儿谁不爱哎，吃尽几多香菇木耳芥兰菜哎——"

韦老二接着唱："有口呀便是那和谐的和儿哎，无口呀，便是那禾苗长得欢哎。除去呀那个和边口哎，加斗呀便是爱科学的科哎。科学种田谁不爱呀，吃尽几多羊羔美酒呀，赛过你的香菇木耳芥兰菜哎——"

韦老三跟着唱："有木呀便是一座桥哎，无木呀便是桥头住着的乔老二哎。除去呀那个桥边木哎，加女呀便是娇惯的小女儿哎。娇女儿是爹妈的小棉袄哎，穿在身上好暖和哎，赛过你的羊羔美酒还有香菇芥兰菜哎——"

---

① 选自《一字一世界》，颜煦之编著，台海出版社，2015 年版。

② 歌圩：壮族的娱乐习俗。通常以青年男女对唱山歌为主。还举行抛绣球、碰彩蛋、放花炮等文娱活动。

五朵金花[①]

季康　公浦

小伙子在门外走投无路，推门，门不开；叫门，里面不答应。

画家留在车上。音乐家随后赶来，一见这副情景，全明白了，他努努嘴问："刮胡子啦？"

"可不，不叫进。"

音乐家眼珠一转，忙做了个手势，暗示小伙子用歌声召唤爱人出来。

小伙子会意了，他放开嗓子唱起了情歌。音乐家用脚踏着拍子，拿出一张小小的三弦琴，为他伴奏。茅屋外面，不远的小树林里，那个青年牧人牵着马，也待在那儿不放心地偷看。

阿鹏唱：

蝴蝶飞来山茶开，
去年约会今年来，
隔山喊花花不应，
莫是花开败？

① 选自《中国新文艺大系 1949—1966 · 电影集（下卷）》，中国文联出版公司，1989 年版。此篇为节选。

爱情虽经风和霜，

等待滋味太难尝，

唱个山歌扔过墙，

妹要放心上！

牛产房内，人们正在忙着为两头新生的牛犊洗澡，听见屋外这一片喧哗的琴声、歌声，十分讨厌。

一个老大妈不高兴地咕噜："嘿！谁在外面唱歌？"

一个老女人："难听死了！"

另一个年轻姑娘："人家忙得要命，还来唱情歌，金花姐姐，你也会唱，出去唱歌撵（niǎn）他！"

几个人都笑了，唆（suō）使那个胖姑娘出外答他："去，去，好好骂他一顿！"

胖姑娘笑着答应了，清了清嗓子，就到屋门口边洗一块手巾，边唱了起来：

调子好唱不产粮，

人家工作你白忙，

十字街头卖三年，

谁也看不上！

山歌唱得几箩筐，

好嗓子生得太冤枉，
麻布绣花你不配，
莫再乱嚷嚷！

音乐家听了大喜："骂得好！骂得好！没想到这儿骂人的歌都这么好听，而且结合劳动。精彩极了……"他忙把三弦琴放下，立刻拿出五线纸记起来。

阿鹏噘着嘴："人家骂我，你还说好！"

音乐家："别误会，我是说这歌唱得好。阿鹏，勇敢点，唱下去！你是来找金花的呀！"

阿鹏想到和金花很快就要见面，重又振作起精神，更加大声地唱了：

芍药花要配牡丹，
虎头竹配凤尾兰，
我唱山歌给金花，
旁人莫搭讪（shàn）！

去年赛马见的面，
金花约我来相见，
装聋作哑太不该，
难道心已变？

牛产房内，姑娘们听到这里，都笑起来了，那个年轻姑娘快活地推了胖姑娘一把：“哎，金花姐姐，人家说是你约他来的呢！”

“我约的？呸！”她吐了口口水，站起来擦干双手，走到窗前，推开格子窗，叉着腰气势汹汹地唱着反驳：

不曾约你来相见，
胡言乱语瞎埋怨，
自作多情真可笑，
泼水把你撵！

她顺手拿过来那桶洗小牛犊子的污水，就向窗外泼去，恰好浇了小伙子阿鹏满头满脸。

胖姑娘泼辣地把脸一扬，大声问：“我就是金花，不认识你，找我干嘛？”

阿鹏抹着脸眯眼一看，原来正是刚才见过的那个胖姑娘。

音乐家伸了伸舌头：“好厉害！”

胖姑娘没想到自己这一桶污水，真会泼得那么准，完全泼在小伙子身上了，她自己倒有点儿尴尬。窗口上又露出一群姑娘的笑脸，大家看见阿鹏那副狼狈相，都前仰后合地哗笑起来。

阿鹏又气又恼地咕噜着：“找错人了，对不起！”

这时躲在树林中偷看的牧马小伙子，才放下心，折了一枝杜鹃花，拉马走到窗前，把花递给胖姑娘：“金花，我给你采来一枝杜鹃，你喜欢吗？”

胖姑娘接过花，俏皮地说：“得了，别天天送花。赶明儿也得用水浇你！”

阿鹏转身要走，胖姑娘从窗里递过一条干手巾给他说：“小伙子，给你条毛巾擦擦再走吧！”

阿鹏用毛巾擦拭着头脸上的水珠。

看热闹的姑娘们仍然笑不可支，胖姑娘金花猛地把窗子关上了。

马车又在山路上行进，牧马小伙子从后面赶来，唱起了一支歌：

金花银花开满树，
朵朵金花各有主，
要找爱人莫冒失，
冒失自受苦！

他唱着绕过马车，打了声很响的呼哨，拍马驰回了牧场。

阿鹏郁郁地对两位艺术家说：“走遍苍山、洱海，也一定要把我的金花找到！”

侗寨祝寿[1]

邓湘子

一股饭菜香味飘来，易定柱肚子里叽里咕噜地闹腾起来。饭菜飘香的地方，是一户人家在宴请客人，堂屋里和屋外的晒谷坪上都摆起宴席。客人们正在入席，彼此谦让，热闹得很。

易定柱正在观望。这时走来了一位身着侗族服装的阿姨，拉起他的手说："伢崽，你是跟着爷爷还是奶奶来的？找不见大人了吧，不要紧，这里有个座位，先坐下来吃饭吧。"说着，把他引到一张桌子边的一个空位上坐下。

立即有人递来了一双筷子和一碗热气腾腾的米饭。易定柱心怦怦跳，把饭碗接到手里，犹豫了一下。想起他跟着爷爷去侗寨做客，到场的人都被请到席上，当客人招待。他们岩头坳也是这样的，来的都是客。想到这里，他就吃起来。又有人给他碗里夹了菜，他有点不好意思，只管埋头吃。

忽然听到了一阵掌声，他回头去看。禾场上临时搭起的一个戏台，走上去一群穿着侗装的女人，有年纪大的奶奶，也有年龄小的女孩。最小的那一个，大概是个小学一二年级学生。她们穿着大领对襟式长衫，领襟、袖口有好看的刺绣，下着青布百褶裙和绣花裹

---

① 选自《像蝉一样歌唱》，邓湘子著，长江少年儿童出版社，2019年版。题目为编者加。

腿，脚上穿着花鞋，头上挽大髻，插饰鲜花、木梳、银钗等。她们这是盛装出场呢。

二胡和琵琶奏出好听的曲调，还有鼓、锣、钹、铃打击出动听的节奏，旋律和谐，悦耳动听。

乐器的声音弱下去，那些妇女和姑娘们羞涩地笑着，唱起悠扬的歌——

铜壶斟酒香又清，
双手端杯敬寿星。
您老好比松柏树，
一年四季叶子青。

易定柱想，组成这个歌队的应该是寨子里的人们或者是寿星的家里人，这支歌是唱给过生日的老人听的。

他飞快地扒光了饭菜，放下碗筷，到戏台下绕了半圈，看到后面一堆木材上坐着几个人，那里虽然离戏台远了一点，但位置高，看得清舞台上的动静。他爬上木材堆，坐在那些人的旁边。一个伯伯从屁股下面抽了一把干稻草递过来，屁股下垫了稻草，舒服多了。

这时，歌声继续响起——

今日吉日又良辰，

喜气福气满门庭。
请您饮干这杯酒，
福寿延绵万年青。

歌声延绵，有人在座席间大声说：“唱得好，寿星把这杯酒喝了吧！”

“哈哈，今天我要喝醉了。”传来一个老奶奶爽朗的声音。

戏台上的歌队又起了声，唱起新的歌子——

酸果藤耶酸果藤，
酸果藤蔓情连情。
酒杯在手转一圈，
这杯美酒敬贵宾……

侗族人遇到重要的活动，歌离不开酒，酒离不开歌。酒和歌都是让人开心的东西，侗寨的人喜欢过祥和开心的日子。

亲属歌队给客人们敬了酒，下台去了，乐器又响亮地演奏起来。

婚　礼①

杨志军

就像许多地方一样，婚礼从新娘家开始。清晨，天还没亮，迎亲的队伍就出发了。到达新娘家时，太阳刚刚露脸，金光照耀着，灿烂一片。大家匆匆吃了有肉汤有糌粑（zān ba）的“上马席”。新娘穿着花氆氇（pǔ lu）的夹袍，戴着玛瑙和琥珀的项链，走出了帐房。迎亲的人把五条哈达挂在她脖子上和马脖子上。一个女人扶她上马，作为新郎的阿爸牵马前行，被才让乡长派来权充娘家人的几个牧人骑马跟在新娘后面。最后面是公獒（áo）鲁嘎，不时地吼叫着，跑来跑去地赶着牛群和羊群，等于它是护送着嫁妆的娘家舅舅。拉巴哥哥、拉姆姐姐和我骑马走在新娘身边，因为新娘必须一首接一首地放声歌唱；如果新娘不会，那就得借故请求我们代劳。我们三个会唱歌的小孩必须保证迎亲的队伍一路都有歌声，一路欢乐无比。

先是新娘唱起来，唱了两句就说：“当沙哑的歌喉变成明亮的歌喉，幸福的日子才会开始。我因为告别娘家人，嗓子哭哑啦，请夜莺转世的歌手帮帮忙。”

拉巴哥哥当仁不让地说：“明亮的歌喉已经来到，幸福的日子就

---

① 选自《巴颜喀拉山的孩子》，杨志军著，二十一世纪出版社集团，2018 年版。

要开始。”说罢便唱起来：

嗓子和山歌是一对，
牛粪和火炉是一对，
骏马和金鞍是一对，
帐房和天窗是一对。

他一遍唱完，我和拉姆姐姐差不多就会了。于是三个人一起唱，每唱完一段，迎亲的队伍就会齐声发出一阵喊叫：“噢呀，噢呀。”然后是合唱——会唱的唱，不会唱的哼哼。拉巴哥哥的歌声最响亮，似乎无论有多少人唱，都不可能盖过他：

草原和雪山是一对，
河流和河床是一对，
今天有了世上最好的一对，
男人的勤劳配上了姑娘的贤惠。

半途上，遇到了六个敬酒的姐姐。她们提着酒壶，捧着双龙戏珠碗和八宝吉祥碗，一边唱歌一边敬酒：

请问聪明的歌手，
你家的牛羊吃什么草？

你家的帐房住什么人？
你家的酸奶谁酿造？

被敬的是我们三个小孩。我和拉姆姐姐都傻傻的，张口结舌不知怎么应对。拉巴哥哥一副大人才会有的坦然样子，说：“当一个人的歌喉变成三个人的歌喉，美满的时光才会到来。”然后便带着我和拉姆姐姐唱起来：

糊涂的歌手你听着，
我家的牛羊吃的是天上的仙草，
我家的帐房住着善良的姑娘，
我家的酸奶没有谁酿造，
酸奶桶自己长出来。

唱着唱着，拉巴哥哥接过了酒碗，用右手的无名指蘸（zhàn）着酒朝天空弹了一下，意思是敬天；朝地上弹了一下，意思是敬地；又朝身边弹了一下，意思是敬人，然后双手端到嘴边，做了个一饮而尽的样子。

一个姐姐说：“你真的喝一点嘛。”

拉巴哥哥红着脸摇头：“我不会。”

拉姆姐姐说：“我喝过，我会。”双手接过酒碗，真的就一饮而尽了。

我问:“辣不辣?”

拉姆姐姐皱着眉头说:“你闻闻,辣死啦。”

我把鼻子凑到她嘴上闻了闻,果然辣味扑鼻。

过了三重敬酒对歌的关口,才到了我家帐房门前。门前各处点起了七堆禳(ráng)除邪祟的牛粪火,新娘后面的人争先恐后地策马过来,欢天喜地地踩灭了所有的牛粪火。

才让乡长冒出来拦住了新娘的马。我们三个开始唱《祝福歌》:

雄狮的骏马是新郎,
梅花的母鹿是姑娘,
婚姻就像不落的太阳,
子孙好比草原的牛羊。

一曲未了,新娘已经下马。她踩着一个用青稞(kē)组成的大大的莲花吉祥符,和新郎一起走进了门口铺着白毡的帐房。哈达飞起来,所有挤进帐房的人都扬起了哈达,扬着扬着便扬在了新郎和新娘身上,更多的哈达则挂在了帐壁上,堆在了毡铺上。

拜堂开始了,先拜正前方大红箱子上的佛像,再拜奶奶和爷爷,后拜到场的所有长者。完了,新娘出去,抱进来一摞(luò)牛粪;再出去,提进来一羊肚酸奶;又出去,背进来一桶水,挽着袖子,做出要做饭的样子,证明她已经是这里的主妇,可以操持家务了。奶奶赶紧过去,唱着歌,心疼地把媳妇推到了新郎身边。

接着是展示和参观嫁妆。人们纷纷走出了帐房。新娘除了一群牛和一群羊，没有别的嫁妆。爷爷呵呵笑着，亲自把牛群赶进了我家的牛群，把羊群赶进了我家的羊群。人们欢快地吆喝起来。拉巴哥哥唱起了赞美的歌。唱第二遍时，我和拉姆姐姐跟了上去：

我家的绵羊多又多，
多得就像翻滚的海洋；
我家的牦牛壮又壮，
壮得就像嘛呢石经墙。

公獒鲁嘎和母獒卓玛似乎意识到从此就可以共同守护畜群，不分不离了，兴奋得吠（fèi）叫着，围绕牛群和羊群，跑了一圈又一圈。

下来是酒宴，也叫“下马席”。门外的地上已经铺了一圈新擀（gǎn）的白毡，人们围坐在上面，吃着手抓肉、血肠、面肠、酸奶和油炸的面食，喝着自酿的青稞酒，说着永远说不完的赞美的话。

新郎和新娘开始敬酒。拉巴哥哥、拉姆姐姐和我跟在后面，唱着《敬酒歌》。之后，在才让乡长的吆喝下，大家纷纷起来，跳起了“锅庄”（一种集体舞）。

小锦囊

歌圩

广西素称“歌海”，无处没有歌，无人不会歌。其中，“歌圩”是歌海最典型、最集中的表现形式，是壮族群众在特定时间、地点举行的节日性聚会歌唱活动，是国家级非物质文化遗产。农历三月初三举办歌圩的次数最多，秋季歌圩集中于农历八九月，尤以中秋节为最佳日期。

据史料记载，歌圩始于宋朝，到元代迎来鼎盛时期，刘三姐传说就是在那个时期出现的。歌圩活动中，凡事都以歌表达，多数歌曲现编现唱，歌手具有触景生情、即编即唱的本领。

智慧谷

1. 选择熟悉的民歌旋律，哼唱这些故事中的民歌。如果你能注意到故事发生的地域，选用相应地区的民歌旋律，就更好了。

《三个老汉对山歌》　广西

《五朵金花》　云南大理

《侗寨祝寿》　湘西南

《婚礼》　西藏

2. 人们热爱唱歌，歌声回响在生活的各个方面。请你梳理一下，这组故事中，民歌的演唱分别出现在哪些场合。

3. 读读这组故事，想想，如果把歌唱的方式换成平常的交流，感觉有什么不同。

猜谜的乐趣

皮日休猜谜敬酒①

张新雄

皮日休是唐朝著名的诗人，有一天，他和好友陆龟蒙去郊游，半路上下起了小雨，两人就来到一家酒店避雨。皮日休看着蒙蒙细雨，随口吟了一首小诗："细雨洒轻舟，一点落舟前，一点落舟中，一点落舟后。"

陆龟蒙也是一个诗人，他听出这是一首字谜诗，就说："我也作了两句诗，它能猜出你的谜底！"皮日休不相信，就说："你能猜出谜底，我就敬你一杯美酒！"

陆龟蒙张口就吟诵起来："月伴三星如弯镰，浪花点点过船舷。"

皮日休一听，连忙谦虚地站起来，举起酒杯说："你的两句诗，抵得上我的四句诗，请让我敬你一杯！"

（谜底：心）

---

① 选自《谜林高手》，张新雄编，少年儿童出版社，2001 年版。

苏东坡妙说字谜[①]

杨永生

宋代大文学家苏东坡好喝酒，善猜谜。某日，他独自到西湖游玩，并到湖边的一间酒楼饮酒。

酒楼的掌柜见苏东坡光临，十分高兴。这掌柜平日也喜欢舞文弄墨，会制谜语，随即笑着对苏东坡说："我有一谜，现请你猜。如若猜中，任君饮酒。如猜不中，酒钱加倍。"

苏东坡才学高绝，毫不在意，便请掌柜出谜。掌柜道："谜面是：唐虞（yú）有，尧舜无；商周有，汤武无；古话有，今文无。请猜一字。"

苏东坡瞬间就知道了谜底，便对掌柜说："我把你的谜底也做成一谜，谜面是：说者有，看者无；跳者有，走者无；高者有，矮者无。你看对不对？"

掌柜听后，连连点头称是。

苏东坡笑了笑，又说："你的谜底，还可写出不少谜面，你听：善者有，恶者无；智者有，蠢者无；嘴上有，手上无。此是其一。右边有，左边无；兄弟有，姐妹无；凉天有，热天无。此是其二。哭者有，笑者无；骂者有，打者无；活者有，死者无。此是其三。哑巴

① 选自《谜语漫话（增订本）》，杨永生编著，广西人民出版社，1985年版。

有，聋子无；跛子有，麻子无；和尚有，道士无。此是其四。……”

苏东坡对这字谜的精妙论说，使掌柜极为佩服。他怀着崇敬之情，立即摆出丰盛的筵（yán）席，请苏东坡上座。

（谜底：口）

猜谜结良缘[①]

颜煦之

据说，清朝宣统年间，湖北有位穷秀才，到江南一户人家当教书先生。他手摇一把破扇子，到村头散步。见一位年轻女子，坐在门口纳鞋底。这女子恐怕已知道穷秀才的来历，看了他一眼，笑道：“户羽石皮，湖北先生摇破扇。”

教书先生一听，知道这年轻女子说的是他。这位先生文采出众，看到这女子手中纳的鞋也不怎样齐整，歪头歪脑的，便回应道：“革圭（guī）不正，江南女子纳歪鞋。”

这上联的“户”“羽”指“扇”字。“石”“皮”指“破”字，组合成教书先生手中的“破扇”。下联的“革”和“圭”，组合成“鞋”字，“不”“正”二字组合成“歪”字，指女子手中的“歪鞋”。两词上下对应，再加上前面的名称“湖北先生”对“江南女子”，后面的动作“摇”对“纳”，前后上下，对仗工整，可谓丝丝入扣、整齐一律、天衣无缝。

据说，后来这教书先生和青年女子经常一唱一和，吟诗作对，合作了好几首诗歌。就这样一来二去，日久生情，经人撮（cuō）合，教书先生入赘（zhuì）女家，成了一桩美好姻缘。

① 选自《一字一世界》，颜煦之编著，台海出版社，2015 年版。

寻找摇钱树[①]

杨永生

从前，有个懒汉，身强力壮，什么活也不愿意干，整天吃喝玩乐，东游西荡。后来，家产卖光，穷得连稀粥也吃不上，才打算干点轻松活。

一天，他听人家说，世上有一种摇钱树，只要找到它，一摇便有钱，穷可变富，再不用愁吃愁穿了。于是，他欣喜若狂地到处找，见人便问："摇钱树在哪里？"找了九天九夜，毫无结果。但他仍然心不死，继续查问，最后问到一位农夫："去什么地方才能找到摇钱树？"

农夫对他说："摇钱树，两枝杈，两枝杈上十个芽，摇一摇，开金花，创造幸福全靠它。"

懒汉听后，恍然大悟，说："我明白了！"随即微笑着跑回家去。

① 选自《谜语漫话（增订本）》，杨永生编著，广西人民出版社，1985 年版。题目为编者加。故事中的"摇钱树"指人的双手。

物谜四则

（一）

八只脚，抬面鼓，两把剪刀鼓前舞，

生来横行又霸道，嘴里常把泡沫吐。

（螃蟹）

（二）

头戴两棵珊瑚树，身穿一领梅花衣，

移动一双莲花步，跑上山去快如飞。

（梅花鹿）

（三）

此花自古没人栽，一夜风吹满地开，

看看无根又无叶，不知谁送上门来。

（雪）

（四）

少小时，

绿鬓（bìn）婆娑（suō），

自入郎手，

青少黄多，

经过多少磋（cuō）磨，

历尽几许风波，

莫提起，

提起来，

泪洒江河。

（船歌）

字谜四则

（一）

天上一梁短，地下一梁长，
中间立根柱，力量大无边。

（工）

（二）

数数算算，不止几千，
再添一点，它就不圆。

（万）

（三）

花园四角方，里面真荒凉，
只有一棵树，种在园中央。

（困）

（四）

一人真糊涂，腰挂两葫芦，
喜欢松柏树，害怕江和湖。

（火）

小锦囊

谜 语

谜语，是大家喜闻乐见的一种口头和文字游戏。谜语包含两个部分，一是谜面，一是谜底。谜面用比喻、暗示或描绘特征等方法揭示谜底，供人猜测。梁代的刘勰在《文心雕龙》中认为，谜语的特点是“回互其辞，使昏迷也”，意思是绕着弯子说话，使人产生错觉。当然，谜语的目的是要引导猜者的联想与判断，从而猜中谜底。猜谜不仅给人以娱乐，还给人以知识，并通过启发想象使人的智力得到锻炼。

谜语有多种形式，民间谜语、灯谜、画谜、诗谜、物谜、哑谜、谜语故事，等等。

智慧谷

1. 这些谜语你猜中了几个？说给伙伴或家人猜猜。

2. 读读这些谜面，选择几个，分析它们是怎么表现事物特点的。

3. 出谜的过程是：事物→特征，猜谜的过程是：特征→事物。请你选择一件事物，抓住特征，运用比喻、拟人等方式，编写一则谜语，请别人猜一猜。

俗语、谚语、歇后语

“吹牛”的由来[①]

佚 名

从前杀猪，都要在猪的四肢内侧开个小口，将猪吹胀，才能把猪毛煺（tuì）净。有个杀猪的，在与别人喝酒时，直夸自己吹猪吹得如何厉害。

期间，有个自以为是的人说：“你吹猪有啥了不起，我还会吹牛呢！”

于是两人决定打赌，让那人杀一头牛来吹，如果牛皮吹起来了，杀猪的愿赔两头牛；如果吹不起来，所杀的牛归杀猪的。

那人硬着头皮吹了老半天的牛，也不见牛皮鼓起来，引得围观者一阵哄笑。后来，人们常用“吹牛”来比喻不自量力或信口开河说大话。

① 选自《广泛流传的民间谚语谜语》，闻婷编著，吉林出版集团有限责任公司，2014 年版。

话说“翘辫子”[①]

倪培森

用“翘辫子”比喻“死”，据说有三种不同的源头。

一、源自清朝。那时全国上下，男人都留辫子。人活着，辫子自然往下垂；死后，要把辫子编结起来盘在头顶上，辫子末端竖起翘立。人们便借“翘辫子”来比喻死亡。

另外，清朝处斩罪犯，临刑前，狱卒先用胶水把犯人的辫子粘结成一根“发棍”，直挺挺地朝上翘，便于行刑时手起刀落，斩下首级。用“翘辫子”借喻“死亡”，含有强烈的贬义色彩。

二、源自电车停电。电车的车顶上有导电杆——有轨电车为一根，无轨电车为两根，被人们称为电车的“辫子”。有时，导电杆脱离了电源线，悬空翘了起来，电车失去动力，无法行驶，如同“死去”。上海是最早有电车的，所以，上海人口语中常把“死”称作“翘辫子”。

三、源自清末津门武术大师霍元甲的“辫子功”。霍元甲是清末津门闻名遐迩的武术大师。他除了有一手独创的迷踪拳，还练就一种独特的“辫子神功”。他能通过内功发气，将脑后的长辫子像虎尾般直翘起来，左右扫动，以柔制刚，威力无穷，据说比三节棍还

① 选自《〈咬文嚼字〉合订本（2000）》，《咬文嚼字》编辑部编，上海文化出版社，2001年版。

厉害，但轻易不使用。

光绪年间，上海滩来了个俄国大力士伊凡诺夫，身高两米出头，腰圆膀粗，力大无比，能举起两百多磅重的杠铃。他目中无人，自称天下无敌，而且口出狂言，蔑称中国人是东亚病夫，根本不是他的对手。霍元甲闻讯，特地从天津赶到上海，教训伊凡诺夫，为民族争光。比武那天，中外观众人山人海。伊凡诺夫发起凌厉攻势，挥动拳头，一拳接一拳紧逼霍元甲。霍元甲为了探明对方拳路，只招架，不还手，步步后退。不料盘在头顶上的长辫抖散了，垂了下来。伊凡诺夫认为有机可乘，一把揪住辫梢，用尽全身气力要把霍元甲拖翻在地，观众都替霍元甲捏把冷汗。谁知霍元甲不慌不忙，摆开马步，运发内功，先把头一低，再扬头一甩辫子，竟将伊凡诺夫悬空抛出两丈多远，一个倒栽葱，跌在地上，当场气绝身亡。围观群众，无不振臂欢呼："翘辫子！翘辫子！"本来是夸赞霍元甲的"辫子功"厉害，但因为伊凡诺夫是死在辫子神功下，所以"翘辫子"就转义为死亡了。

王婆卖瓜——自卖自夸[1]

佚 名

王婆，其实是个男人。他姓王，名字叫王坡，因为他说话絮絮叨叨的，做起事来婆婆妈妈的，人们就送他个外号——王婆。

王婆的老家在西夏，种瓜为生。那一带种的瓜叫胡瓜，就是现今的哈密瓜。那时，宋朝边境经常发生战乱，王婆为了避难，就迁到了开封的乡下，种起胡瓜来。

但胡瓜的外表不太好看，中原的人都不认识这种瓜，所以尽管这胡瓜比普通的西瓜甜上十倍，还是没有人来买。

王婆很着急，向来往的行人一个劲儿地夸自己的瓜怎么好吃，并且把瓜剖开让大家尝。起初没有人敢吃，后来有个胆大的上来咬了一口，只觉蜜一样地甜，于是，一传十，十传百，王婆的瓜摊生意兴隆，人来人往。

一天，神宗皇帝出宫巡视，一时兴起来到集市上，只见那边挤满了人，便问左右："何事喧闹？"左右回禀道："启奏皇上，是个卖胡瓜的引来众人买瓜。"

皇上心想什么瓜这么招人，就走上前去观看，只见王婆正在连说带比划地夸自己的瓜好。见了皇上，他也不慌，还让皇上尝尝他

① 选自《广泛流传的民间谚语谜语》，闻婷编著，吉林出版集团有限责任公司，2014 年版。

的胡瓜。

皇上一尝果然甘美无比，连连称赞，便问他："你这瓜既然这么好，为什么还要吆喝不停呢？"王婆说："这瓜是西夏品种，中原人不识，不叫就没有人买了。"

皇上听了感慨道："做买卖还是当夸则夸，像王婆卖瓜，自卖自夸，有何不好？"皇帝的金口一开，不多时，这句话就传遍了黄河南北，直至今天。

丈二和尚摸不着头脑[①]

佚 名

说的是在古老的苏州西园寺，风景优美，这里有座迷宫式的“八卦”罗汉堂。这座罗汉堂结构严谨，建筑奇特，总是引来游人驻足赞叹。

据说，这座罗汉堂是当时一个身材高大的和尚设计建造的，人们都不知道他的法号，便根据他的身材特点叫他“丈二和尚”。

在施工建堂的时候，据说匠人们都迷迷糊糊的，因为“丈二和尚”没有把图样画出来，而且连施工计划都没有告诉大家。

“丈二和尚”只是胸有成竹地像个工头一样领着工人们干活。他边干边指挥，干到哪里就要别人跟到哪里。

一个“八卦”式的建筑，左拐，右扭，东弯，西曲，把瓦木工人们弄得晕头转向，不知所以。因此，人们都说，摸不着“丈二和尚”的头脑。也就是说，弄不清他是怎么想的。

就这样，人们稀里糊涂地跟在“丈二和尚”后面干，干了许多个日子，临到竣工的时候，大家仔细一看，这才清楚这些日子都干了些什么：一座造型优美、布局合理、玲珑精致的八卦罗汉堂展现在众人的面前。

① 选自《广泛流传的民间谚语谜语》，闻婷编著，吉林出版集团有限责任公司，2014 年版。

人们这才啧啧称赞，没有一个不佩服“丈二和尚”本领高强。“丈二和尚”则站在一旁乐呵呵地笑。

从此，“丈二和尚摸不着头脑”这句话就慢慢传开了，成了人们普遍运用的一句歇后语。

龙游浅滩遭虾戏[①]

李思悦

公鸡在清晨都要打鸣，叫：“喔，喔，喔。”其实它真正叫的是：“角还我（角，四川很多地方读作 guo）！”

相传上古时期龙的那对角是长在公鸡的头上的，龙呢也没有上天，而是在地上耍的。有一日天上召开比美大会，它就想借鸡的角上去比美。但是龙在地上时可以说是龙品很差（四川至今有些地方将人骂作“烂龙”“烂滚龙”），公鸡并不想把角借给龙。这时蜈蚣就出现了，蜈蚣说它可以帮龙作保，于是公鸡就把角借给了龙。

谁知龙参加比美大会获得优胜，从此便留在了天上，角也不还了。公鸡十分气愤，从此以后它每天只做两件事：第一件就是每天清晨向天大叫：“角还我！角还我！”第二件事就是找到并诛杀为龙作保的罪魁祸首蜈蚣。

后来龙在天上待久了特别思念家乡，于是它便偷偷摸摸下来想看看自己的家乡。谁知道降落位置没找准在一处浅滩搁浅，在自己力量没恢复之前只能在浅滩里面“板”。它身旁的虾米看见了不停地戏谑（xuè）龙的洋相，这也就是“龙游浅滩遭虾戏”的由来。

---

① 选自《方言故事集》，李思悦著，原载于《华西都市报》2019 年 3 月 31 日第 8 版。题目为编者拟。原题为《鸡、龙、蜈蚣的故事》。

谚语选粹[1]

一人难挑千斤担，众人能移万座山。

天冷不冻织女手，荒年不饿苦耕人。

过河莫拆桥，上楼莫断梯。

要知山中事，须问打柴人。

食不多言，寝不空腹。

前人种树后人凉，前人栽花后人香。

秤不离砣，人不离友。

久旱知雨贵，天黑显灯明。

见火不扑火烧身，见蚊不打蚊咬人。

人们通过交谈才寻到知音，马儿通过嘶鸣才聚合成群。（哈萨克族）

尽管肚里燃着火，嘴里千万别冒烟。（藏族）

如果只勤不俭，等于有针无线。（壮族）

谷子早种三天好，迟了三天要成草。（白族）

纸包不住火，刀劈不开水。（土家族）

浮云经不起狂风吹，晨雾经不起烈日晒。（蒙古族）

下河才知深浅，吃梨才知酸甜。（回族）

---

① 选自《中国谚语》，金路、徐玉明编注，上海文艺出版社，1989 年版。

与《三国演义》有关的歇后语

曹操败走华容道——不出所料

曹操吃鸡肋——食之无味，弃之可惜

关公面前舞大刀——出丑

关羽降曹操——身在曹营心在汉

关羽放曹操——念旧情

关羽失荆州——骄兵必败

刘备遇孔明——如鱼得水

刘备摔阿斗——收买人心

刘备借荆州——有借无还

刘备招亲——弄假成真

司马昭之心——路人皆知

张飞戒酒——明天

张飞战关公——忘了旧情

张飞使计谋——粗中有细

诸葛亮借东风——神机妙算

诸葛亮用空城计——化险为夷

诸葛亮吊孝——装模作样

周瑜打黄盖——一个愿打，一个愿挨

周瑜谋荆州——赔了夫人又折兵

小锦囊

俗语、谚语、歇后语

俗语，又叫俗话，通俗并广泛流行的定型的语句，简练而形象化，大多数是劳动人民创造出来的，反映人民的生活经验和愿望。

谚语，在民众口头流传，包含着一定的科学道理、人生经验、生活知识，通俗精辟、脍炙人口，多为押韵的歌谣体，常被人引用为说话时的论据。各行各业都有自己的谚语，比如农谚、林谚、渔谚、艺谚、工商谚等。

歇后语，又叫俏皮话，幽默轻松，富有喜剧效果。歇后语一般由两部分组成，前半部分是打比方，是一种假托语，在于揭示或解说后语，后半部分是这个比方的解释，是目的语，是说话人的真意所在。有的时候，人们只说前半部分，而将后半部分省去，让听者自己去体会意思。根据后一部分解释前一部分的方式，歇后语可以分为两大类：喻意歇后语和谐音歇后语。后者如“外甥打灯笼——照旧（舅）”。

智慧谷

1. 在今后的生活与阅读中，留心收集俗语、谚语和歇后语。

2. 歇后语具有诙谐性和讽刺性，使用时要注意场合。

谐音有故事

侍郎是狗[①]

佚 名

高士奇是清朝康熙年间的一代名相，常识渊博、聪明机敏。

高士奇在上书房做侍郎时，与吏部尚书索额图和都御（yù）史明珠是同僚，三人经常开玩笑。

一日，三人一起徒步外出办事，行走间突然有一条大狗从胡同蹿出，然后跑远。明珠问了一句："是狼是狗？"索额图一听，哈哈大笑道："是狼是狗（侍郎是狗），你得问江村（高士奇，号江村）。"

高士奇听出两人是一唱一和地用谐音骂自己，但他不露声色："那是条狗。"两人以为他没听出话中的玄奥，便得意地打趣道："何以见得？"

高士奇笑道："狼、狗区别主要有二：其一看它的尾巴，下垂是狼，上竖是狗（尚书是狗），其二看它吃什么，狼只吃肉，狗却是遇肉吃肉，遇屎吃屎（御史吃屎）。"

二人虽然挨了骂，可心里很佩服高士奇的智慧和机敏。

---

① 选自《字海寻趣》，刘青顺编著，太白文艺出版社，2018 年版。

“不知修（羞）”①

戴启棠　整理

北宋的时候，江南有一个姓陶的书生，才疏学浅，腹内空空，却狂妄自大，目空一切。他听说有个大学问家，名叫欧阳修，很受人推崇，心中非常不服气，就要去找欧阳修比个高低。

那时正是春暖花开的时节，陶生身背书箱，腰夹雨伞，兴致勃勃地上路了。行不多时，忽见前面有一个老头儿，头戴方巾，脚穿云头靴，正慢慢地走着。陶生正愁胸中的文墨无处卖弄，便快步上前，同老丈结伴而行。

二人路过一个小村，看见道旁有一株枯树。陶生一把拖住老丈，说：“你我赶路，何不对诗几句，也好解解烦闷。”老丈十分谦恭地说：“老夫胸无点墨，岂敢岂敢！”陶生听他这样回答，好不得意，就摆出一副高手的架势，说：“作诗何难？你要不会，我来教你。”他也不管老丈是否情愿，自顾自说：“我先作两句，你照我的样子续下去就是了。”于是，他便扬扬自得地吟道：

路边一枯树，
树上两个杈。

① 选自《历代文学艺术家的传说·第一册》，祁连休编，上海文艺出版社，1981年版。

老丈一听，赶忙摆手说：“我果真不会，万望见谅。”陶生哪里肯听，拽住老丈的衣袖不放，说：“我这两句信手拈来，很有情趣。你好歹续上两句吧，不行我给你点化点化。”老丈推辞不过，只得说：“既是如此，那就见笑了。”说着不慌不忙地吟道：

路边一枯树，
树上两个杈。
春来苔为叶，
冬至雪当花。

这两句续上去，真个是点石成金，把一棵枯树立时写活了。陶生一听，心中不由得暗暗一惊，口里却说：“马马虎虎，你这两句虽不如我的句子好，倒还过得去，我们继续赶路吧。”

走了不久，迎面走来一对白鹅。那鹅见了生人，惊得展开双翅，“嘎嘎”地叫着向路边的小池跳去。陶生又觉得诗兴来了，就摇头晃脑地吟道：

前面两只鹅，
扑通跳下河。

老丈听了，忍不住笑出声来。陶生正在兴头上，哪里听得出老丈的笑意。心想：这下你可折服了吧，假如续不上来，何不早点甘拜下风。他忙催促老丈说："文思贵乎敏捷。快续，快续啊！"老丈苦苦推托。无奈陶生纠缠不休，他只得应付说："既是如此，老夫只得班门弄斧了。"说着，目送双鹅游弋（yì）而去，信口念道：

> 前面两只鹅，
> 扑通跳下河。
> 白毛分绿水，
> 红掌击青波。

陶生听罢，心里不由得又是一惊。暗想：这两句对仗工整，意境清新，断非老丈所作。哈，这老丈说不定拿名家名诗来耍笑我。于是，他正言厉色地训斥道："这两句我尚且吟不出来，如何能出自尔等之口！我熟读诸子百家，你休想蒙骗于我！"

老丈闻言，哭笑不得，一时不知道说什么的好。

二人继续前行，不觉来到一个渡口。陶生看见有许多乘客正在上船，觉得是一个卖弄才华的好机会，便对老丈大声唱道：

> 你我同乘舟，
> 去访欧阳修。

老丈这次不再谦让了，立即接道：

修已知道你，
你还不知修（羞）！

满船乘客哈哈大笑起来。原来这位老丈正是欧阳修。陶生这才恍然大悟，顿时觉得无地自容。从此，他再也不敢狂妄自大了。

清月镇①

程玮 徐耿

清月镇是个小镇，但就像甪（lù）直、木渎（dú）一样，是很有根底的。清月镇一共只有两条街，一条东西向，一条南北向，连成一个丁字形。这个丁字街不是随随便便就造起来的，其实是大有来历的。

不晓得是哪朝哪代，当朝天子游江南时，发现清月镇上头罩着一股帝王气。皇帝老儿恐怕自己的江山坐不稳，便传旨在此地修一条丁字街，镇住这股灵气。“丁”就是“钉”的意思。

果然，灵验得很。千百年来，清月镇硬是没有出过一个真命天子或盖世英豪，而且连秀才举子都不曾有过。唯一可算稍有成就的行当便是做生意，但万万不可做得太大，太红火。不然，总有一天要蚀（shí）尽老本的。这绝不是乱嚼舌头编出来哄人的。老年纪人不费力气就可以给你说上一打（dá）这样的兴衰故事。

到了公元二十世纪八十年代，清月镇连同方圆百十里的地方还是兴旺起来了。

西乡邱家村一带平地立起了一座大型的中外合资企业。星期天，常常可以看见高鼻头、蓝眼睛的外国人在桥头稀溜稀溜地吃糖粥。

① 选自《邱家老宅》，程玮、徐耿著，江苏文艺出版社，1987年版。题目为编者加。

谐音趣记[①]

张廷兴

过春节时，贴春联是孩子们特别愿意做的事情，艳红的纸张贴在门上、屋里、院墙上，给死气沉沉的农家小院注入了新鲜激荡的血液。我第一次写春联的时候，是十二岁，初中二年级，一过二十三，连着几个夜晚给我家和二十几户邻居家写了上百张大红纸的对联，对我来说，能有这么多的纸张让我在上面宽松自如地写字，内心特别高兴。一到除夕贴春联时，父亲怎么也找不到“酉（yǒu）”帖（我们那儿习惯在工具、盛器上贴写着“酉”字的红方片），我才想起，每家都忘了写。父亲说，不贴“酉”帖不行，贴了“酉”才“有”。于是又步行八里路去公社供销社买来两张大红纸，让我抓紧写“酉”帖，并且挨门挨户给我写过对联的邻居送去，说：“他们不怪你，我给他们送‘有’，他们还特别高兴。”后来一见面，我不好意思，而邻居们却非常高兴，拍着我的肩膀说，谢谢给他们送了“有”。

我师范毕业以后到沂蒙山腹地的一个公社中学教书。我发现那里过年贴一方大红福字，往往倒着贴。我以为农村文盲多，不识字，说：“你们把福贴倒了。”他们立即给我纠正：“这不是福贴倒

① 选自《谐音民俗》，张廷兴著，中央民族大学出版社，2000 年版。题目为编者加。

了，这叫福到了。”不仅是“福”字，那里的人们在结婚时还故意把双“喜”字也倒着贴，叫“喜到了”。

有一次去曲阜（qū fù）观看孔府、孔林、孔庙，导游小姐说了三件事让我特别留意。一是孔府门柱上对联中有一“章”字，“十”贯通到“曰”中，“富”少了上边一点，这叫“文章通天，富贵无头”；二是孔府内宅前上房正面的摆设，一边是花瓶，一边是镜子，当中为钟，取其义为“终生平静”；三是孔林中孔子墓和其子孔鲤、孙沂国公墓的位置，孔子墓右前边为子墓，正前为孙墓，这叫“携子抱孙”。利用谐音象征巧妙绝伦。

民俗中的谐音寓意[①]

李学开

鲁迅先生在《从百草园到三味书屋》中写道，三味书屋“匾下面是一幅画，画着一只很肥大的梅花鹿伏在古树下”。为什么画一只“伏”在古树下的“梅花鹿”呢？原来“伏”与“福”谐音，“鹿”与“禄”谐音，寓意读书就会有福、禄。先生向学生灌输功名利禄的良苦用心由此可见一斑。谐音这种修辞格在我国民俗中应用非常广泛，在逢年过节、婚丧嫁娶、迎来送往等场合，人们往往巧借谐音寄寓深意，表达对未来美好生活的祈求。

春节是我国最隆重的节日，许多人家将门上的“福”字倒过来贴，祈求“福到”。吃年夜饭时，家家户户餐桌上必有一条鱼，谐音“年年有余”。过年吃年糕、丸子，寓意“年年高”“团团圆圆”。正月初一拜年，许多人家都会捧出一道由红枣和板栗做成的“枣栗茶”，谐音“早利”“早早得利”。

不少地方的年轻人在谈情说爱时常送手帕作为定情之物，因为它横也是丝（思），竖也是丝（思），寓意“情思绵绵”。一旦结婚，女方定以红布裹上芹菜、韭菜做陪嫁，以“芹”谐“勤”，“韭”谐“久”，祝愿两口子勤劳致富，恩爱永久；作为迎娶的一方，则在被

---

① 选自《课堂内外·创新作文（高中版）》2012年10月号。

褥中、枕头下放上通红的筷子、饱满的红枣，以表“快快得子、早生贵子”之意。在新婚夫妇床上撒枣、花生、桂圆、莲子，寓意“早生贵子”。河南等地，姑娘出嫁陪送的被子要七月做或十月做，以图“齐备”“十全十美”；拜天地时供桌上的大斗用麦麸（fū）和食盐填满，并燃上香，放上艾草，取意“有福有缘”“夫妻相爱”。在东北农村，新媳妇上车时怀里抱把斧子，“斧”“福”谐音，寓意“有福”。

庆祝生日时，把“寿”字写成圆形的篆书，五只蝙蝠围绕四周，称“五福（蝠）捧寿”。在室内张挂猫、蝴蝶与富贵花的图画，祝愿寿星“耄（猫）耋（蝶）富贵”。

民间的年画、剪纸等工艺品大多借物咏人，谐音呈祥。一条鲤鱼簇拥着盛开的莲花，叫“连（莲）年有余（鱼）”；五只蝙蝠从天上飞下，叫“福从天降”；蝙蝠前画一眼铜钱，叫“福（蝠）在眼前”；柿子和如意组成“事事（柿）如意”；画喜鹊立于梅梢为“喜上眉（梅）梢”；家中安放“葫芦瓶”，以图“福禄（葫芦）平（瓶）安”；雄鸡立于石上的饰物，谐取“室（石）上大吉（鸡）”；儿童骑象手持如意为“吉祥（骑象）如意”。

人们遇到不幸之事或不雅之语，往往巧借谐音讨吉利的“口彩”。如喜庆日不小心打碎物件，就连说“岁岁（碎碎）平安”；一旦失火，便说“火烧旺运”。

生活中，人们还用谐音来表示忌讳。船家吃饭时只说“添饭”“装饭”而不说“盛饭”；吃完鱼的一面，要吃另一面时，不说“翻过来”，而说“划过来”；船靠岸时只说“落篷”而不说“落帆”。

因为“盛”与“沉”谐音，“帆”与“翻”谐音，船家最忌讳的就是“翻”和“沉”。家人朋友团聚吃梨时不分吃一个梨，因为“分梨”与“分离”谐音。朋友之间绝不会送伞，因“伞”与“散”谐音。

河神牙齿[①]

周 锐

古时候有个皮匠，他在家乡生意不好，想换个地方碰碰运气。于是带上他的一套缝鞋家伙，远走他乡。他来到大河边，看见一条停泊着的客船，艄公正在吃饭。便吆喝一声："船家！可以搭船吗？"这出其不意的喊声，把艄公的一支箸（zhù，筷子）惊落到河里了。

艄公跳下河，去捞他的箸。

皮匠说："真对不起，连累你下水拾箸。"

艄公捞到后很快回到船上，说："我们船工下水不难。只是你要搭我的船，那些犯忌讳的口语改了才好。"

皮匠奇怪："我只说'下水拾箸'，犯甚么忌讳了？"

艄公解释说："在河上行船不能说'住'，要是说了，半道儿上必受困，船就像钉住了一样，休想前进一步。"

皮匠明白了："箸"和"住"同音，怪不得犯忌讳。"只是，"他好奇地指着艄公手中的箸，"在船上，该叫它甚么呢？"

"行船图的是快当，我们就叫它'快子'。"

"真有意思。"皮匠摇晃着脑袋上了船，"不过我还是不懂，为何

---

① 选自《我怎样摇我的童话果树》，周锐著，少年儿童出版社，2011 年版。

说了‘箸’这个字就会倒霉?”

“咳,”艄公耐心答道,“惹恼了河神,他就作怪。”

皮匠心中暗想:“河神为何讨厌这个字?我要是河神,‘住’也好,‘快’也好,跟我毫不相干,我才不在乎呢。”

于是起锚开船,河上风起,船行如飞。艄公在船尾稳稳地掌着舵。但皮匠心里老是萦绕着那团疑云,他定要弄清究竟,想来想去,便踱到船头上。他寻思着:“那河神就在这船底下?不能说‘住’‘箸’,那么‘猪’呢?‘竹’呢?‘祖’呢?待我试探一下。”

这个大胆的皮匠便在船头上用当地的民歌调,唱起民歌来:

老婆姓祖我姓朱,
朱砂桥头是我屋。
屋前种了千竿竹,
屋后养了两只猪。

歌声刚起,便觉船行渐慢。船头下翻起一股浊浪。

艄公慌忙从船尾跑到船头,大叫:“客人不能得罪河神!”

那皮匠却满不在乎,反而面露微笑,心想:“果然把河神惊动了。但不知他到底为了何事,我来问他几句。”

皮匠又唱:

河神爷爷没米煮?

河神奶奶失珍珠？

河水晃荡起来，船身像秋千一般来回摇摆。

“哦，这是告诉我没猜对。让我再问。”皮匠接着唱：

河神府上柱头断？

河神庙里少香烛？

河水晃荡得更厉害了。皮匠紧抱住桅杆才没摔倒。那艄公趴在船板上，向河里直磕响头：“河神爷爷！这唱歌的是个傻子，您老人家千万别见怪呀！”

“你才是傻子呢！”皮匠对艄公说，“光把箸儿叫作‘快子’就万事大吉啦？我想那河神或许是一种病痛，或许是一段隐情，不愿旁人提起。我干脆替他说破，也好对症下药，使他体安心宁，再不乱发脾气。这样免除了千年祸患，难道不是好事吗？”

皮匠又回头向着河水打了一躬，高声唱道：

莫非幼时顽皮甚，

伤了腿子跛了足？

河水的“秋千”把皮匠高高抛起。河神显然恼火了。但皮匠落下以后又朗朗唱道：

莫非吃糖没个够，

好好牙齿遭虫蛀？

咦，怪极了，这一句才唱完，河面上霎时风平浪静，静得使人难以置信。

皮匠笑了：“啊，大概被我说准了，河神真有个蛀牙！”

他又唱道：

蛀牙不除难消苦，

我借宝钳将你助。

集合鱼将与虾卒，

合力拔牙莫迟误！

唱完，皮匠掏出一把拔鞋钉用的圆头钳子，“咚”地扔进了河里。皮匠和艄公凝神望着河面。

平静的河面开始“咕——咕——”地冒出一个又一个水泡，好像在犹豫、斟酌。

过了一个时辰，随着“嘎啦啦”一声闷响，有几丝殷红从河底泛起。“咚！”那把皮匠的“宝钳”被扔上船头，差点砸到艄公的脚，把他吓一跳。

又过了一会，一小盘礁石浮出了河面。这礁石遇风即长，转眼间变成了一座巍然的石山。

这位拔去一颗蛀牙的河神，以后再没发过火。过往船只，任你船上人说什么，都风平浪静。

从此皮匠的生意出奇地兴旺，因为大家对他那把河神用过的钳子很感兴趣。

“快子”的叫法也就这样很快流传开来，并被加上“竹”头，写作“筷子”。

那座屹立中流的石山便是有名的“砥柱”。但很可能这两个字已经走了样，因为据说最早时候这座山被称为“底蛀”，它原是一颗底下已蛀了洞的河神牙齿嘛！

小锦囊

谐音

利用汉字同音字或近音字，代替本字，产生不同的意义，叫作谐音。谐音有三种情况，第一种是绝对谐音，即相谐的两个字字音完全相同。第二种是相对谐音，相谐的两个字声母和韵母相同，声调不同。第三种是近音谐音，即相谐的两个字读音相近。

在谐音民俗中，有单纯的字音相谐，也有许多是通过实物表现的，这些实物就是民间谐音吉祥物。比如“菜”在一些地方谐音“财”，它们便成了“招财进宝”的道具。还有以剪纸、年画、符帖等艺术形式谐音。比如，因为猫、蝶谐音耄耋（mào dié），民间剪纸便以它们作为祝寿的吉祥物。

智慧谷

1. 阅读了这组文章，你对谐音民俗有了哪些了解？

2. 在生活中你遇到过谐音的小趣事吗？跟伙伴说一说。

语言的游戏

苏东坡兄妹戏丑[①]

傅小松

苏东坡有个妹妹叫苏小妹，似未见于正史，但许多野史、笔记上言之凿凿，都说她如何聪明美貌，如何才华横溢，可以和大文豪父亲、兄长对答如流。据说苏小妹额头高，眼睛深陷，苏东坡作诗笑曰：

未出堂前三五步，额头先到画堂前；
几回拭泪深难到，留得汪汪两道泉。

苏小妹嘻嘻一笑，当即反唇相讥：

一丛衰草出唇间，须发连鬓耳杳（yǎo）然；
口角几回无觅处，忽闻毛里有声传。

讥笑兄长那不加修理、乱蓬蓬的络腮胡须。再一端详，发现哥哥额头扁平，了无峥嵘之感，又一副马脸，长达一尺，两只眼睛距离较远，整个就是五官搭配不合比例，苏小妹当即再占一诗：

---

① 选自《古今打油诗趣话》，傅小松编著，中国书店，2008 年版。

天平地阔路三千，遥望双眉云汉间。
去年一滴相思泪，至今流不到腮边。

末句夸张至极，但形象生动，极富戏谑意味。

近读元人林坤《诚斋杂记》，发现上述苏轼兄妹作诗戏丑之事并非“空穴来风”，不过倒不是那样精彩。该书是这样记载的：

子瞻有小妹，善词赋，敏慧多辩，其额广而如凸。子瞻尝戏之曰：“莲步未离香阁下，梅妆先露画屏前。”妹即应声曰：“欲叩齿牙无觅处，忽闻毛里有声传。”以子瞻多须髯（rán），遂（suì）亦戏答之，时年十岁，闻者无不绝倒。

按这段记载，苏轼兄妹应是续诗：

莲步未离香阁下，梅妆先露画屏前。
欲叩齿牙无觅处，忽闻毛里有声传。

似乎不如前面所叙野史中歪诗通俗有趣，但同样是如闻其声，如见其人。

祝枝山写连环联[1]

潘 生 讲述

祝枝山是苏州有名的才子，本名叫祝允明，因为他小手指上多生了一个指头，故取名叫枝山。祝枝山写得一手好字，肚子里墨水又多，写春联是个行家。而且，他写的春联与众不同。人家读他的春联，读出来不吉利，他自己去读，读出来就大吉大利。这里，就讲一个祝枝山写连环联的故事。

苏州阊（chāng）门外有家钱庄，钱庄老板尖酸刻薄，爱钱如命，一些穷秀才去钱庄门上贴了春联，老板不是嫌字写得不好，就是说内容不吉利，借故不肯给春联钱。祝枝山知道以后，对秀才们说："今年春节，钱庄门上的春联由我来写，首先要气气他，尔后再叫他拿出银子。"

除夕深夜，祝枝山写了一副春联，叫书童去贴在钱庄门口。年初一，老板开门出来一看，同往年一样，门上贴着一副春联，看看字体，龙飞凤舞，苍劲有力，真是一手好字。细看落款，祝允明书。老板想：怪不得字写得这么好，原来是祝枝山写的。再看内容，上联是"今年真好晦（huì）气"，下联是"全无财帛（bó）进门"。老板看完联语，顿时气得七窍生烟，大叫"晦气，晦气，今年要倒霉了"。

---

[1] 选自《苏州历代名人传说》，潘君明编，古吴轩出版社，2006年版。题目为编者加，为方便阅读，适当做了分段。

老板心里非常愤恨，准备叫伙计来把春联撕掉。

正在这时，祝枝山不紧不慢地走了过来，见了钱庄老板，拱拱手说：“老板，新年好，恭喜发财！”

老板认得祝枝山，心里正在气头上，便说：“你写这样一副春联，分明是在触我的霉头，还发什么财呀？”

祝枝山道：“老板何出此言，这是一副好联呀，大吉大利的。”

老板道：“什么大吉大利，上面写的今年真好晦气，没有财帛进门。”

祝枝山道：“不是这样的，你先付了春联银子，我来读给你听。”

老板道：“要付银子，没有那么便当，我要同你去茶馆里评理，你能讲出这副春联是大吉大利的，我照付给你银子；假如不是大吉大利，非但不付银子，你还要给我磕头赔罪。”

祝枝山道：“那好，此话当真吗？”

老板说：“大丈夫说话算数，决不反悔。”

老板叫伙计把春联揭了下来，与祝枝山一起来到茶馆里。茶馆里人头攒动，听说钱庄老板要和祝枝山评理，大家都围拢来看热闹。钱庄老板把春联摊在桌子上，说明了评理的来由，然后对祝枝山说：“你读吧。”

祝枝山淡淡一笑，对大家拱手说：“对联的形式很多，从字数上讲有四言联、五言联、六言联、七言联，直至多言联；从格式上讲，有藏头联、嵌名联、叠字联……这是古人创造的格式。我写的这副春联，叫作‘连环联’，是我祝某创造的。什么叫‘连环联’呢？就是上下联连起来读。”讲到这里，祝枝山指着桌上的春联，高声读道：“今年真好，晦气全无，财帛进门。”并解释道：“这种连环联，按照通常的上下联分开来读，是不吉利的；上下联连起来读，就大吉大利了。”

祝枝山说完，围着的人一阵叫好。有的说：“这种格式很新鲜，出其不意，挺有趣味的。”有的说：“不愧是苏州才子，创造出这种连环联，看似不吉，实则大利呀！”

钱庄老板听祝枝山读完，确实全是吉利话，心里已有些高兴，又听大家说好，也跟着说：“只怪我读书不多，才疏学浅，不懂这种格式。”接着，向祝枝山深深一躬，表示道歉，并乖乖地付了春联银子。

张打油和他的打油诗[①]

王 晟

相传唐朝南阳有个读书人叫张打油，他喜欢民间俚（lǐ）语，也爱好用民间俚语写诗。某日天色骤变，大雪纷飞。他望着窗外团团飞舞的雪花，不由得诗兴大发，吟了一首《雪诗》：

江上一笼统，井上黑窟窿。
黄狗身上白，白狗身上肿。

此诗形象地描绘了雪中景物的特点。首句是整体概括，冰天雪地，江面上一片迷茫。次句突出迷茫世界中的异彩，由远而近，白中带黑，互相映衬，相得益彰，大有“万绿丛中一点红”之妙。再次句纯属白描，黄狗身上洒满雪花，变成白狗，从而引出末句“白狗身上肿”。这个“肿”字，言明白狗身上也披着厚厚的雪花，十分传神，令人叫绝。前三句都在颜色上做文章，而此句却写出神态，变静为动，更具活力。虽通篇写雪，却不着“雪”字，而雪的形态又跃然纸上，实属不易。语言粗浅通俗，情调诙谐，风趣逗人。

有一次张打油外出办事，途遇大雪，闯入一家大院避雪，却不

① 选自《打油诗趣话》，王晟编著，金盾出版社，2007年版。

觉走进主人的书房，于是，便在其粉墙上题了一首打油诗《雪诗》：

六出飘飘降九霄，街前街后尽琼瑶，
有朝一日天晴了，使扫帚的使扫帚，使锹的使锹。

此诗前两句描绘雪景，中间着一过渡，引出后两句的扫雪画面，极富生活气息。其用语通俗形象，趣味盎然，让读者哑然失笑。

诗刚写完，书房主人回来了，看到墙上的墨迹后勃然大怒，便派人把张打油抓起来责问其为何乱涂乱画。原来这家大院是本县参政的住所。

张打油急忙为自己辩解："不是乱写瞎画。本人虽然无才，却也能写两首小诗，大人如若不信，可以当场测试。"

参政就以当时正值南阳城被叛军围困，求朝廷派兵救援为题命张打油作诗。张打油眉头一皱，吟了一首《围城诗》：

天兵百万下南阳，也无救兵也无粮。
有朝一日城破了，哭爹的哭爹，哭娘的哭娘！

待张打油念完诗，参政忍不住大笑起来，跟墙上的题诗进行比照，发现两首诗的格调也是一模一样，于是就释放了他。

从此，张打油的名字就流传开来。以后，人们就把张打油这类语言通俗、格调诙谐，有时暗含讥讽或自我解嘲的诗称为"打油诗"。

解缙智对曹尚书①

尹 丰 张天彪

明代翰林学士解缙（xiè jìn），是个有名的才子。据说，他六七岁时就能吟诗作对。解缙家与曹尚书府第的竹园相对，于是便在自家大门上写了一联：

门对千竿竹
家藏万卷书

曹尚书见了对联，心里很不愉快，便派家人打探此对联是谁写的。后来听家人说是卖水的贫民解通之子解缙写的，曹尚书心里便有了主意，于是让家人把园中竹子砍去一截。解缙见了，就在对联下面各添一字：

门对千竿竹短
家藏万卷书长

曹尚书读了此联更加气愤，忙让家人把园中竹子全部砍光。解缙见后又在对联下面各加一字：

① 选自《中华对联故事》，尹丰、张天彪编著，吉林文史出版社，2000年版。

门对千竿竹短无

家藏万卷书长有

曹尚书看着对联的不断变化，对解缙便产生了兴趣，于是派人去请解缙，他想当面考考这个小孩子。

解缙来到曹府门口时，不料大门还关着，解缙当即高声喊道："正门不开，非迎客之礼。"

曹尚书在门里说："我出几副对联，如果你能对得上，我便开中门迎接，如对不上，对不起，你只能请回。"于是，信口念出上联：

小犬无知嫌路窄

解缙马上对道：

大鹏展翅恨天低

曹尚书又念一联：

云作棋盘星作子，谁人敢下

解缙略加思索对道：

地当琵琶路当弦，哪个敢弹

曹尚书见难不倒解缙，连称“奇才”，当即开了中门迎接解缙。解缙个子矮小，身穿绿衣，走路连蹦带跳，曹尚书又取笑说：

出水蛤蟆穿绿袄

解缙随口回答：

落汤螃蟹着红袍

因曹尚书这天身着红袍。

曹尚书心里虽然不舒服，但还是不得不佩服解缙的才华，所以，待解缙入府后，便问：“解学生，你的父母做何生意？”

解缙想起父亲起早摸黑，沿街卖水，早晚水桶里映着日月的光华，而母亲天天在家织布，于是便答道：

严父肩挑日月
慈母手转乾坤

曹尚书听了，对解缙不得不刮目相看。

郑板桥吟诗送贼[1]

佚 名

五十岁之前，郑板桥很穷，先是办塾馆，后来卖字画，如此这般地过日子，你说家里能有什么值钱的东西？

一天夜里，郑板桥躺在床上，聚精会神地凝视窗纸上那月光照出的摇曳竹影，忽然听见外面响起轻轻的脚步声，接着窗纸上就映出一个鬼鬼祟（suì）祟的人影。郑板桥知道小偷光临了，心里好笑，一个穷家能有什么值得你来拿？便对着纸窗，大声吟起诗来："大风起兮（xī）月正昏，有劳君子到寒门。"

小偷一听，心里一惊：主人还没有睡呢！就屏住气，躲到屋檐下。过了会儿，见没有什么动静，就慢慢爬到门前，准备撬（qiào）门。

郑板桥听见小偷的声响了，又高声念出两句："诗书腹内藏千卷，钱串床头没半根。"

小偷听了，才知道这是个穷家，只好自认晦气，想转身溜走。

郑板桥估计小偷要溜了，又念出两句诗："出户休惊黄尾犬，越墙莫碍绿花盆。"

小偷又惊又怕，慌忙翻墙出逃，一不小心把几块墙头砖碰落地

---

① 选自《郑板桥读本》，何伟俊、孙万寿编，江苏少年儿童出版社，2011 年版。

上，惊动了郑板桥家里的大黄狗。黄狗汪汪直叫，追住小偷就咬。

郑板桥连忙从床上坐起，披上衣裳出门，喝住黄狗，还把跌倒在地上的小偷扶起来，一直送到大路上，作了个揖（yī），又吟出了两句：“夜深费我披衣送，收拾雄心重做人。”

小锦囊

对 联

古时候，私塾里读书，对对子是必修的功课。老先生说上联，学童们绞尽脑汁对下联。待掌握到一定程度，学童们就能自己编写对联了。

对联讲究对仗，上下联必须字数相等、词性一致，还要讲究平仄和谐。读起来抑扬顿挫、音韵动听。

按照用途，对联可以分为春联、喜联、寿联、挽联、胜迹联、格言联等。其中，春联、喜联、寿联要用红色纸张书写，挽联要用白色纸张书写。

智慧谷

1. 这组故事既反映了主人公的机敏、聪慧，也表现出汉语的趣味、灵动、丰富。其中的哪些语言游戏给你留下了深刻印象？

2. 下面这些对联分别适合张贴在什么地方？请你连一连。

饱览春色　明察秋毫	酒楼
虽然毫末技艺　却是顶上功夫	商场
到来尽是甜言客　此去应无苦口人	眼镜店
一拉一甩一世界　一汤一面一份情	理发店
酿成春夏秋冬酒　醉倒东西南北人	糖果店
生意兴隆通四海　财源茂盛达三江	兰州拉面店

用韵语说故事

景阳冈[①]

叶圣陶

武松在酒店里喝罢了酒，
提起棍棒走上景阳冈。
只见山神庙前贴着一张告示，
说冈上有虎，常把人命伤，
过往客商须得结伴走，
傍晚时候不要过冈。
武松看罢毫不在意，
一步一步上去，不慌也不忙。
回头看太阳，渐渐落下去了，
“哪有什么虎，他们胆小自心慌！”
一会儿，肚里的酒发作起来，
他解开衣服，露出了胸膛。
乱树林里有块大青石，
光溜溜的，正好作他的卧床。
他放平身体将要睡去，
只听一阵风，树木都像发了狂。

① 选自《开明儿童国语读本·第四册》，叶圣陶著，中国青年出版社，2011 年版。

一阵风过了，又听扑的一声响，
跳出来的是一只虎——林中的王！

“啊呀！”武松拿棍棒在手，
翻身下来，闪在青石旁。
那虎把前脚在地上按一按，
腾起身子扑过来，势头很难当。
武松只轻轻地一闪，闪在那虎的后方。
虎就掀起臀部向后撞。
武松又是一闪，闪在那一旁。
虎竖起尾巴拦他拦不着，
才回转身来，大吼一声震山冈。
武松举起棍棒尽力地打，
棍棒断了，却没有叫虎受着伤，
只把树木连枝带叶打下来，
只把那虎惹得更发狂。
虎又是一扑直到武松的面前。
武松索性丢了棒，空手去抵当。
他乘势揪住虎的顶皮向下按，
把脚乱踢它的眼睛和脸庞。
虎拼命挣扎，地上扒成个泥坑，
武松就把虎头直按进坑中央，

抽出右手来，提起拳头只顾打，
五六十拳把虎打得满身的伤，
眼见它气都快没有了，
这才放了手，整一整衣裳。
正是三更明月当空照，
他踏着月光慢慢走下景阳冈。

金瓜儿银豆儿①

周益民 改写

这是发生在老早以前的事了。

铁宝山下，有一块荒草地；荒草地边，有一间小茅屋；小茅屋里，住着老两口。老两口在荒地上开了一块菜园子，种上了瓜，栽上了豆，刚好能够填饱肚。

有一年，连着几月没下一滴雨，撒下的种子不见一点儿动静。老两口急得不知怎么办才好。

这一天，菜园里突然冒出两棵嫩芽儿。一棵粉粉红，一棵翠翠绿，水灵灵，亮闪闪，叫人好喜欢。老两口见了，笑得合不拢嘴。

一点一点细松土，十里之外打来水，嫩芽儿就是老两口的心头肉。

天天念，日日盼，两棵芽儿快快长！粉红芽儿长呀长，先生叶，后开花，结了一个胖金瓜。翠绿芽儿长呀长，先开花，再结果，长成一个银豆角。每一天，老两口都和胖金瓜、银豆角讲着说不完的话。

当天气热起来，金瓜、银豆也成熟啦！老两口，乐呵呵，一个采银豆，一个抱金瓜。

---

① 选自《金瓜儿银豆儿》，周益民改写，杨永青绘，长江少年儿童出版社，2020年版。

老两口还没动手呢，金瓜、银豆齐齐落了地。一阵金光闪，瓜儿分两半，里头躺个胖小子。一阵银光亮，豆角裂开口，里头睡个俏闺女。

老两口，吃一惊，张大了嘴巴瞪眼睛。

“阿公，阿婆！”“阿婆，阿公！”两个娃娃连声叫，乐得老两口眉开又眼笑。

树有影，人有名，哥哥就叫“金瓜儿”，妹妹就叫“银豆儿”。金瓜儿银豆儿长得快，转眼几年成大人。

金瓜儿种地，一派丰收瓜果香。

银豆儿管家，井井有条笑声多。

有一天，菜园里结了个大冬瓜，大得让人掉下巴。金瓜儿笑眯眯，封它做“冬瓜王子”。

银豆儿的鸡群里，出了一只大公鸡，拍拍翅膀能上天，喔喔一叫太阳出。银豆儿眯眯笑，封它做“雄鸡将军”。

山外有个恶霸李，一天路过铁宝山。斜眼瞧见菜园子，菜苗青青瓜果香。眼珠一转起了坏主意，声称这山这地他所有，逼着老两口纳粮来交租。

老两口气得直哆嗦：“这儿荒山荒野不见绿，我们辛辛苦苦开出这片地，凭啥子给你来纳粮？”

恶霸李，嘿嘿笑：“凭啥子？凭地契！地契呢？拿出来！没地契，官粮地租从头算！”

恶霸李一斜眼，手下管家端算盘，装模作样一拨拉：“黄金白银各十两，三天之内须交上！”

老两口唉声又叹气，三天哪里去找金和银？金瓜儿银豆儿回到家，听说经过很气愤。看着阿公阿婆心焦急，一同上前来安慰：“咱们有双勤劳的手，明天登山寻宝去。”

兄妹俩，上宝山，又是挖来又是铲，两天两夜已过去，不见金银半点影。筋疲力尽汗如雨，就地坐下缓口气。忽然飞来一大鸟，紧抓山头猛提起，宝山提起几丈高。接着传来一声响，好比炸雷在耳旁。原来滚来巨石块，稳稳支起铁宝山。

山底下，金光闪。兄妹俩，心惊奇，奔到山下瞧究竟：黄的是金，白的是银，还有珍珠玛瑙和水晶。

金瓜儿拣了一块金，银豆儿拾了两块银，双双退出了宝山底。

这时候，那块支山石咕噜咕噜滚到金瓜儿跟前，原来是金瓜儿种的“冬瓜王子”。那只抓山鸟扑啦扑啦飞到银豆儿身边，原来是银豆儿喂的“雄鸡将军”。

三天限期到，恶霸李，气汹汹，过来收租了。兄妹俩不在家，老两口取出金和银，只想着求太平。恶霸李，心眼多，非说金银不是抢来就是偷。老两口，急分辩，一五一十说分明。

恶霸李，眼皮翻：“冬瓜是我地里长，公鸡是我谷粒喂，今天我一定要带回。来人哪！”手下人一哄而上，抢走了大冬瓜，抓走了大公鸡。

兄妹俩回到家，阿公阿婆一边叹气一边把事情讲。兄妹俩火从心头起：“恶霸李，得寸又进尺，这一回，咱一定要把理来评！”

兄妹俩，出了门，脚下生风去追那群人。

恶霸李，兴冲冲，到得宝山前。抛出大公鸡，提起铁宝山；滚出大冬瓜，支在山底下。

恶霸李，和管家，两眼放光奔上前。金山银山聚宝盆，珍珠玛瑙和水晶，手捧明珠眼瞅玉，恨不得统统背回家。

兄妹俩一路追到山跟前，看到恶霸李一脸的贪婪样。

金瓜儿朝山底招招手：“冬瓜王子，冬瓜王子，快回来！莫让坏人发横财！”大冬瓜，有灵性，咕噜噜，咕噜噜，滚出山底下，向着金瓜儿滚过来。

银豆儿朝空中招招手：“雄鸡将军，雄鸡将军，快回来！莫让强盗发横财！”大公鸡，有灵性，扑啦啦，扑啦啦，丢下铁宝山，向着银豆儿飞过来。

“轰隆”一声似雷响，铁宝山从半空重落下。恶霸李，压在了底下山洞里，据说，要做上够多的善事才能出来哩。

灯花姑娘①

徐 鲁

说的是一位瞎眼老婆婆，
一个人过着凄苦的生活。
她没有儿子，
　　也没有女儿，
只有一盏祖传的油灯，
伴着她把漫长的黑夜度过。

老婆婆天天抚摸这盏油灯，
摸过了灯罩又摸灯座。
有时候一边抚摸一边叹息，
好像犯下了什么过错：
“真对不起你呀，
我的好灯！难为你，
跟了我这么个瞎老太婆……”

多少白天，

① 选自《七个老鼠兄弟》，徐鲁著，浙江少年儿童出版社，1998 年版。

　　多少黑夜，
油灯被抚摸得闪闪发亮，
在小屋里闪烁着瓦蓝的光泽。
年年秋风，
　　年年柳色，
只有这盏小小的油灯，
知道老婆婆心中的寂寞。

这一天，
小屋外吹刮着寒冷的风雪，
老婆婆摸索着铺好了被窝。
突然，有一个小姑娘的声音，
从她的耳边轻柔地飘过：
"善良的老婆婆呀，
好心的老婆婆，
您为什么一直不点亮我？
好让我为您照亮长长的黑夜。"

老婆婆以为自己正在做梦，
不由得捏了捏自己的耳朵。
她惊慌地捧起小小的油灯，
声音变得哆哆嗦嗦：

“这是你在跟我说话吗？
我的闪闪亮、
　　亮闪闪的好灯？
莫不是我年纪大了，
瞎了眼睛，又背了耳朵？”

“别害怕呀，老婆婆。
我不是鬼，也不是魔，
我是你的小小的油灯，
多少年来都在你的身边生活。
我的生命只有五百年，
五百年到今晚是最后的时刻。
求求您把我点亮吧，
让灯光照着我们分别……”

老婆婆颤抖着点亮了油灯，
小小的黑暗的茅屋里，
突然变得又亮又暖和。
“亮了吗？亮了吗？
　　我的好灯？
可惜我是个瞎老太婆。
要是烧到了你的手指，

就让我赶紧把你吹灭。”

“不，不，不要吹灭，
今晚我觉得最最快乐。
善良的老婆婆呀，
　　好心的老婆婆，
让我为您跳个舞吧，
再让我为您唱个歌。
要是没有您的疼爱，
不知道我这些年来的日子
有多么难过！”

老婆婆双手捧着小小油灯，
心里头感到十分暖热。
她舍不得油灯离开自己，
便紧紧地把它贴在心窝。
突然间老婆婆全身一震，
老眼里闪出明亮的光泽。
“啊，看见了！我看见了！”
老婆婆看见了一束小小的火苗，
好像夜里盛开的
　　橘红色的花朵……

啊，那正是小小的灯花姑娘，
站在小小的火苗里跳舞唱歌。
她的手臂就像白嫩的豆芽，
她的身肢就像鹅黄的柳叶。

老婆婆惊喜地去捧灯花姑娘，
火苗儿倏（shū）地一跳便匆匆熄灭。
只剩下一缕淡淡的青烟，
轻轻地从那窗边飞过。
老婆婆赶紧追出小屋，
屋外飘着漫天的大雪。
看不见星星，
　　也看不见明月，
只有一阵阵寒风吹过……

就这样，
美丽善良的灯花姑娘，
永远地离开了老婆婆。
她献出了自己小小的生命，
为老婆婆换来了光明的生活。

七兄弟[①]

郝广才

大山边，小河旁，住着王大叔和王大娘。夫妻俩，好心肠。张家没柴他送来，李家没米他送去。

有一天，王大娘在河边，边洗衣服边发愁：结婚已经三十年，一个孩子也没有。越想越难过，眼泪一直流。

忽然，水面升起一阵烟，出现一个老神仙。神仙说："金丹有七颗，一天吃一颗，枯树又开花，早日生娃娃。"

王大娘拿了七颗金丹，一口气全部吞下肚，肚子一天比一天大。春天去，秋天来，生下七胞胎，全都是男孩。

秋天去，春天来，七兄弟长得又快又壮，面貌声音全一样。七兄弟生来很神奇，每个都有超能力。

老大力气大，老二耳朵灵，老三三铁汉，老四四钻土，老五不怕火，老六六高脚，老七七大口。

大麦熟，金黄黄，农夫田里收割忙。有一天，七兄弟在田边吃饭休息。传来一阵号角的声音，原来是皇帝出巡。

皇帝出巡好威风，有大将，有小兵，队伍长长像条龙。头看不见尾，尾望不见头。队伍走啊走，忽然山上滚下一块大石头……

① 选自《七兄弟》，郝广才著，王家珠绘，贵州人民出版社，2010 年版。

大石头轰隆哗啦滚下来，压得树木东倒西歪，眼看就要打中皇帝坐的车，这时一个人影闪出，正好把石头接住。接住石头的，猜是哪一个？ 就是王家的老大。

老大救了皇帝一命，皇帝非常高兴。皇帝要封他做官，他不要！要给他金银珠宝，也不要。皇帝问老大要什么？

老大说："吃不穷，穿不穷，只想自由自在，不想做官发财。"皇帝拿他没办法，只好让他回家。

天不怕，地不怕，只怕疑心生暗鬼。

"小小少年郎，本领这么强。一不肯做官，二又不爱财，万一哪一天，他想要造反，可就麻烦……"皇帝左想右想，东想西想，突然用力握宝剑，自言自语说，"对！明天找个借口，抓他来砍头！"

老二耳朵灵，皇帝的话顺着风，传进他的耳中。第二天，大队兵马，来到王家，一见到老三就抓。

老三被抓进皇宫，皇帝高高坐当中，命令两旁刀斧手，砍下老三的人头。

老三三铁汉，不怕大刀砍。大刀砍断十多把，刀斧手砍得全身发麻，只砍断了三根头发，皇帝越看越害怕。

皇帝对老三说："只要你听话，做我的部下，你要什么，就有什么。"老三摇摇头，不说话。皇帝下令，明天一早，用火烧死他。

天上明月光，地下露水凉。没有谁知道，有人挖地道。

老四四钻土，带着王老五，挖过城墙，挖进牢房，挖到关着老三的地方。

老五和老三，弟兄换一换，好人不用愁，好戏在后头。

第二天，天一亮，士兵把老五送上刑场。刑场上搭了一个高台，台下堆满木柴。老五被紧紧地绑在高台上，动也不能动，士兵放火烧，烧得满天红光……

老五不怕火，火再大也伤不了他。

皇帝不知怎么好，又把老五关进牢。

老五在牢房，假装说梦话："我刀砍不死，火烧不怕，就只怕摔。还好没人知道，否则就糟糕。"牢房守卫听到，马上去报告，皇帝听了拍手笑。

第二天，老五被带到山崖边，皇帝命人把他推下，想要摔死他。

啊哈——原来被推下的不是老五是老六。老六六高脚，双脚一伸长，轻轻踩地上，人比山还高。老六拔起腿来，三步两步跑回家。皇帝发起狂来，带着军队拼命追。

皇帝追到半路，被老七挡住。

"只要不把我丢进大海，我就乖乖听话……"老七话没说完，就被绑上船。皇帝亲自领船出海，扑通一声，老七被丢进海里面……

风不吹，水不动，大海平平静静。听不见一点声音，看不到一丝波动。

皇帝心里正高兴，他想老七这下准没命。

忽然轰隆一声响，船底卡在石头上。不知道为什么，海水在下降。

原来老七张着嘴，大口大口喝海水。

老七七大口，一口气便把海水喝干。

老七走回岸，一转身，一张口，海水就像一条巨龙，翻江倒海向前冲——

巨波大浪向前冲，一下把船吞海中，一下把船抬半空。没几下，船就不见踪影，只留下海浪滔滔。皇帝和船被冲到哪儿去？没有人知道。

太阳把金黄色的光投在海面上。七兄弟的眼前，出现一条金色水带，从岸边直到地平线。

七个兄弟，一种心情，只想静静地看着太阳，享受凉凉的海风。

小锦囊

韵与押韵

《武松打虎》的故事大家都很熟悉，但叶圣陶先生的改编却给我们带来了新鲜感，很特别。它由韵语写成，是韵文体。同散文体不同，韵文是以押韵的方式写成的文章，朗诵或咏唱时，音调和谐优美，顺口悦耳，有一种回环往复的音乐美。

韵，汉字的韵母，韵母相同的字叫同韵字，凡同韵的字都可以押韵。押韵（也叫压韵、叶韵），就是把同韵的字放在不同句子的末尾，所以韵又叫“韵脚”。

我国古代的诗词有比较严格的押韵规则，本组选编的故事，押韵的运用就比较自由宽松了。

智慧谷

1. 从本组故事中选取一个，找到散文体形式，与韵文体比较，谈谈自己感觉到的差异。

2. 任选一个故事，尝试用韵语进行改写，改写完要多读几遍，力争顺口。

说书与听书

柳敬亭学说书[1]

王永泉　讲述

汪静兰　采录

夫子庙文德桥旁边，有一家豆腐店。有一天，来了一个年轻人，要在这里借宿。开豆腐店的是一对老夫妻。老头子一看，这年轻人漆黑一张脸，脸上有疤，皮肤粗糙得好像长了瘤似的，一张大嘴，嘴唇厚厚的，不过那一对忽闪忽闪的眼珠子，倒显得十分机灵。年轻人说："老人家，我是到这儿来拜师学艺的，想在你这里住一段时间，望老人家能给个方便。"老人说："住是可以，不过我家是豆腐作坊，全是竹篱笆的棚子，四处透风，就像个凉亭似的。天寒地冻，睡在这里，怎么能吃得消？"年轻人说："只要能落脚，冷算不了什么！"

第二天晚上，老夫妻俩就听得作坊里有人说话，一口苏北口音。老人伸头一看，原来是年轻人在自言自语。作坊里黑漆漆的，只有十几口存放豆浆的大缸。老人问："你在同谁说话呀？"年轻人手一指说："你看那乌压压的一片不都是吗？"老人见他指的就是那十几口大缸，觉得又好气，又好笑。

年轻人又继续说书了："树林子里闷得连丝风儿也没有，武松简

① 选自《南京的民间传说》，吴福林、王崇辉编，南京出版社，2007年版。

直就像在一个大蒸笼里。他解开衣裳纽扣，左手提着哨棒，三步并作两步，向那山腰酒店奔来。酒店那悬在空中的‘酒’字旗帘，更引得武松又饥又渴。他纵身跳进酒店，左看右看，店里空无一人，急得武松蓦（mò）地一声大吼：‘呔（dāi）……’”

老人头也不回地去睡觉了，下半夜还要做豆腐呢，哪有闲工夫来听他说书。

半年后，有一天晚上，豆腐店老人躺在独靠椅上，在秦淮河河边乘凉。忽然听见作坊里那年轻人又在说书：“那武松又饥又渴，纵身跳进酒店，左看右看，店里空无一人，急得武松蓦地一声大吼：‘呔……’”年轻人的声音刚落，就听得豆腐棚里嗡嗡的响声，真不知有多少人在喝彩叫好。这可把老人吓了一跳，他心里想，今晚果真有不少人在听他说书呢！我这豆腐坊成书场了。他从椅子上站起身，走进作坊一看，咦，还是只有年轻人一个人！

老人问：“你刚才对什么人说书呀？”年轻人说：“还不是这些‘老听众’。”

老人看了看那十几口水缸说：“不对，不对，刚才我明明听到有不少人为你喝彩呢！”年轻人说：“没有，没有，就是我一个人嘛！”

老人更加奇怪了，就说：“你把刚才说的那段书再说一遍。”

年轻人又说了一遍，“……急得武松一声大吼：‘呔……’”这一声就像敲响一口大钟，又圆又亮，震得十几口大缸，一个个嗡嗡有声，仿佛千百个听众在喝彩。这时候，老人才知道这位年轻人说书有了功夫，惊得伸舌头说：“哎呀！我这小庙里要出大菩萨了！”

第二天，老人对年轻人说："我们夫妻已经老了，身边又无儿无女，豆腐也做不动了，你哩是刚开花的苞儿，前程大得很呢！这豆腐店就送给你，你把它改成一个书场，我们老夫妻帮你照料照料。"年轻人一听，欢喜得连拜四拜，就在豆腐店里摆开了说书的场子。从此，柳敬亭说书，在夫子庙就出了名。

听 书①

金曾豪

“听书”，苏南俗语。这里的“书”指苏州评弹。评弹是评话和弹词的合称。

旧时的书场大多是茶馆兼营的。茶市既罢，将桌凳稍加调排，就成书场了。书台是固定的，木制，高两尺许，两边各有阶梯接脚，凡三级，取“连升三级”之义。台上置桌椅。桌是“半桌”，开评话（俗称“大书”）时横置，开弹词（俗称“小书”）时竖放。桌围和椅披用彩缎制成，配以明黄流苏，场子里顿时就有了艺术气氛。椅子上还有蒲团，以素色缎子饰面，挺讲究的样子。蒲团有来历，是当年乾隆爷赐予。相传乾隆下江南时召评弹名家王周士御前说书。见王周士站着难以弹唱，特赐蒲团准坐。蒲团从此成了书台之宝。墙上有水牌，写明所请先生和日夜场弹唱的书目。又有对联，如——

胸中成竹评说今来古往
舌底莲花弹唱离合悲欢

紧靠书台的长桌称“状元台”。原称“老人台”，为年老耳背者

① 选自《蓝调江南》，金曾豪著，古吴轩出版社，2003 年版。

特设，后来少壮者常杂坐其间，名不副实，索性更名。

书场一般开下午场和夜场两场。夜场书更受重视，总是说书先生的看家书目。

场子里有提篮小卖，无非是西瓜子、南瓜子、花生米和五香豆之类的消闲小吃。回想起来，这些提篮小卖的妇人在无意间为评弹培养了观众呢！我跟着大人去听书的本意就是为了这些小吃，后来耳濡目染，慢慢入港，喜欢上了听书。

一个堂倌（guān）来为汽油灯充气，另一个上台为说书先生备茶水。这是开书的信号。提篮小卖的赶紧收起生意。

男先生和女先生上台了，亲切地微笑着，一举一动都挺讲究，努力携带一点书卷之气。

开书前，书场门口总有些妇女挤挤地站着。她们是来听开篇的，更是来观赏女先生的“行头”的。女演员都十分考究服饰化妆，一排书说十五天，每天的服饰不会重样。那时，小镇上的时装潮流可能是她们引领的吧。所谓“开篇”即是正书之前加唱的小段子，和正书无关。常唱的名篇如《宝玉夜探》《莺莺操琴》《战长沙》《林冲踏雪》等，词藻极其精美，是文人和艺人反复打磨出来的精品。“香莲碧水动风凉，水动风凉夏日长。”这一些文学味极浓音乐性极强的句子使我钦佩尤加。

开篇之后，书场的门帘就放下了。门口的妇人自动散去，一路上还在津津有味地延续着关于服饰和嗓子的话题。

男先生穿长衫。衣料相当讲究，不是毛哔叽就是派立司。衣袖长出几寸，连同白纺绸衬衣的袖子一齐翻折成洁白的一截。先生带上书台的还有老三件：折扇、手帕和醒木。三件皆有实用，又都是道具。尤其那折扇，一会儿是刀枪剑戟（jǐ），一会儿是船帆状纸，说什么像什么，神了。衙（yá）门里案桌上的木块称惊堂木，说书先生这儿就叫醒木。关节处拍一记醒木，也能惊天动地，吓走听众的瞌睡虫。琵琶和三弦是早就备在半桌上的，那样般配地并放着，任从什么角度看都能看出线条和木质的美感来。

那时，我与其他孩子一样，对这两件乐器并无好感。使我们入迷的是故事，对打断故事的弹唱挺烦的。最怕先生抱起乐器来慢慢地唱。“小书一段情，大书一股劲。”听评话就没有这个麻烦，醒木一响，故事哗哗地流。

起先，听唱是被迫的，后来，居然就渐渐地听出些好处来了。蒋调的清雅，徐调的温软，琴调的潇洒，张调的激昂……到能接受弹唱的时候，我已经是个大孩子，再不好意思拉着大人的衣角进场听“白书”了。就有点尴尬。

几个大孩子凑在一起商量，想出了“派代表”的穷办法——每个人凑点钱，供一个人去听书，次日找个时间让他向大伙传达。派出的代表是我们中最能模仿说书人的，受此重托，竭力地绘声绘色，却远远没有原版的生动迷人。故事是有的，但听半天也“进不去”故事里。这是怎么啦？想想这个问题，多少使我悟出点艺术的真谛。说书人远远不只在讲故事，他们把难叙之事娓娓道来，把难状之物呈之目前，把难言之情诉出微妙，看似随口而出，其实句句都是有苦心的：有时细针密缝，有时一表千里，说噱（xué）弹唱演，皆追求具体、生动、传神。这种追求是和小说一致的。那时候，我是非常钦佩那些评弹艺人的，惊讶于他们能凭一张嘴把故事说得悬念迭出引人入胜，把人物刻画得血肉丰满栩栩如生，把人情世事评点得练达洞明。在我少年的眼中，这些穿戴整齐、温文尔雅、说古道今的说书先生是值得信赖、应当尊敬的。他们通过卓有成效的历史和道德知识的传播，在不经意间薪传着我们民族的文化传统。这样的口头传播在乡村尤其重要，因为那时候的乡村比城里有着更多的文盲和半文盲，口头传播是他们获得知识的主要途径。通过口口相传，代代相承，不识字的人同样可以通情达理，具有相当高的道德水准。他们不识字，但我们不可以说他们没文化。识字绝不等于有文化，那些握有文凭的卑鄙者恰恰是最没有文化的人呢。

看来还得听“原版”的。东园茶馆坐南朝北，书台背面是一排格子长窗，窗外便是练塘河。这就有了一种可能。总有泊在镇上过夜的船只的，快到开书时，我们几个就去说动一个船主，让他把船泊到东园那边去。这样，我们就能在船上听隔窗书了。听隔窗书不是全天候的，天凉，书场的窗子关起来，隔窗书就听不成了。天热，窗子开着，可水上的蚊子多，得不停地和它们战斗。羊尖镇上有我的一个朋友叫李钟瑜，他们家和书场只隔一道墙，他可以睡在床上通过一个墙洞听书，真是美妙极了。房间在二楼，墙洞高踞于书场接近房梁的地方，书场老板是不会认真追究的。对这个宝贝墙洞，我只有羡慕的份，因为羊尖镇远远在三十里之外。我后来写作《有一个小阁楼》，就是得到了这个墙洞的启发。

听隔窗书是难于过瘾的。总是有了阻隔，声音邈（miǎo）远飘忽，更重要的是看不见说书人，使评弹的魅力大为逊色。

到了关键章回，我们只好老着脸皮混进场子去过把瘾了。我说过，东园书场是背靠着河的，而且书场还有一个“水后门”可以利用。卷起裤腿，沿着石驳岸蹬一段，就到了一个水栈（水后门），登上十几个石级，穿过厕所，再走一段小弄堂，就从侧后进入了书场。这时，书已开讲，一切都安定下来了。老听客是不会嫌我们的，因为他们小时候也是这么过来的。他们的眼神里甚至还有些欣慰哩——有接班人确是值得欣慰的。有了这些“基本群众”，加上堂倌停止了续水，我们被撵（niǎn）的可能性不大，当然，“小落回”的时候我们会去厕所里避避风头，给堂倌一点面子。其实，无论老板堂倌说书先生，对我们都是没有反感的，他们知道培养听众的重要。

说书先生和听众的关系是很特别的。老听客中有文化素养较高的人，更不乏见多识广、谙（ān）熟世事人情之人。评弹既是弹唱世事人情，评点善恶美丑的艺术，这些人会情不自禁地参与到创作中来。

散书场之后，有话要说的老听客会留下来，当面“扳错头”（提意见）。哪一节书不合情理，哪一句唱词不合韵辙，哪个词用得不切……一位姓秦的年轻先生说《再生缘》，因为尚在修改过程中，还有些夹生，上台之后“话搭头”连连，老是“奈末”“老实讲”。小落回之后先生回到台上，发现书桌上放着一个小纸包，打开一看，是一把西瓜子和五香豆。包纸上还有一首打油诗：“多少奈末老实讲，好像念经老和尚，瓜子豆粒代记数，请你自己数清爽。”先生读罢脸颊发烫，当场拱手表示歉意。老听客不仅扳错头，还会出点子，听说《杨乃武与小白菜》中的几张处方就是由一位当中医的老听众改定的。

评弹艺人生活在听众之间，大多虚心好学，乐意和听众切磋（cuō）书艺。这实在是苏州评弹的好传统。那些传世精品，那些人气旺盛的响档，正是在这样的环境里一点一点打磨出来的。

评弹艺术出现在苏南，并非偶然。只有深厚的文化土壤才有可能培养出这一艺术奇葩。苏州评弹始盛于清代，在我少年时代，评弹在常熟还是相当繁荣的。常熟听众对评弹有相当高的欣赏水平。评弹界流传过一种说法：要出道，须在常熟的湖园和龙园接受听众鉴定，然后才能遨游江浙沪的三关六码头。除了书场的普遍和听客的众多，常熟还涌现出了许多评弹名家，如黄异庵、陈希安、蒋云仙、华佩亭、侯莉君、赵开生、钟月樵、张翼良……一时都数不过来了。常熟实在无愧于“苏州评弹第二故乡”的美誉呢！

作为常熟人，我很幸运，因为评弹确实给过我许多文学艺术方面的教益。可以说，评弹是我的第一个文学老师。

开脸儿[①]

戴宏森

开脸儿，南方多称开相，是指说书人对书中人物相貌、服饰及其所携兵器、用具，所乘坐骑等的描述。为人物开脸儿，多用诗赋赞和其他韵语，也有散说的。传统开脸儿是用一套一套现成词儿组合起来的，仅仅脸谱就有面如重枣、面如火炭、面如淡金、面如生蟹盖、面如蓝靛（diàn）、面如敷粉、面如冠玉、面如锅底、面如紫玉、面如生羊肝、面如西瓜皮等三四十种；马谱也有赤兔马、胭脂马、黄骠马、白龙马、乌骓（zhuī）马等三四十种；枪谱则有錾（zàn）金枪、亮银枪、点钢枪、铲头枪、丈八蛇矛等一二十种。将人的各种体貌和各种衣着附件进行排列组合，就可以作出无数开脸儿。由此，形成了一套开脸儿的程式。描写的内容，看来与戏曲的脸谱、服饰有关。这种程式，为过去的说书人攒（cuán）弄活儿，作人物肖像描写，提供了极大的方便。但是，程式化描写的不足之处是它很难具体表现每个人物的性格特征和外部特征，而且各朝基本上都穿明式服装，所以在继承的基础上必须有所出新和突破，以适应时代的发展。如果拘于程式，就会落入俗套。

下面看当代说书家对开脸儿的处理。袁阔成在《水浒·桃花

① 选自《中国曲艺概论》，姜昆、戴宏森主编，人民文学出版社，2005 年版。

庄》中是这样为鲁智深开脸儿的：

> 看，鲁智深身高过丈，膀阔三停，头如麦斗。身上穿着青僧衣，白护领，腰系丝绦（tāo），大红的底襟儿，开口僧鞋，高靿（yào）儿白袜子。左肋下带着一把戒刀，绿鲨鱼皮鞘（qiào），金吞口，金兽面儿，金饰件儿，大红刀袍三尺长，随风飘摆。斜肩带背着十八颗人面骷髅骨的铁数珠，一颗四斤沉。手里拎着一条镔（bīn）铁禅杖，一百二十斤沉。

这个开脸儿用的几乎都是程式化语言，而组织得巧妙，突出了这位花和尚威猛、潇洒的性格特征。

单田芳在所编《百年风云》中为农民革命领袖洪秀全的妹妹，人称“山村女侠”的洪宣娇是这样开脸儿的：

> 最引人注目的是那位女人：个头不高，长得小巧玲珑，头上戴大红缎子软包巾，前边打着蝴蝶扣，腰里扎着绿绸水裙，散着裤脚，红扑扑的面皮，一字眉，月牙眼，二目放光，年纪也就在二十二三岁，手中提着一对柳叶双刀。

像洪宣娇这样文武双全的草莽女英雄，过去的“女将赞”“侠客赞”对她都不适用。这个开脸儿，便对传统的语言程式有所突破。

在传统说书中，用得最滥的是用程式化的语言为美女开脸儿，不外乎什么“面如三月桃花，眉似春山，眼似秋水，悬胆鼻子，樱桃小口，唇如涂朱，牙排碎玉”之类。田连元适应当代听众的语言和趣味，在说《杨家将》时为女将姜北平开脸儿，就对传统程式做了推陈出新：

> 面前这女子。也就是十八九岁，头戴一顶凤尾盔，身披锁子连环银叶甲，脚下蹬一双牛皮小靴子，披一件粉红色的战袍，手提一口雁翎（líng）刀。这女子长得是上宽下窄的漫长脸儿，细眉毛，大眼睛，通天的鼻梁儿，元宝嘴，什么叫元宝嘴？形如元宝，俩嘴角儿向上，这叫长正啦！瞅着老像笑眯眯的。元宝嘴可别长反了，嘴角儿朝下，总在那儿撇扯拉嘴。这姑娘一脸喜相儿，你瞅着她老像在笑；看那样子，她就是皱着眉头生气，让人看着也不显严肃。手里提口雁翎刀——什么叫雁翎刀？就是形如雁翎，细而长，这刀上衬着一朵馒头大小的朱红缨，这红缨像一团火随风摆动。这口刀在她手里不像是杀人武器，倒像一件陪衬品，就好像现代女青年，穿着时髦，手里提的那个小包儿一样。嘿！一切都是那样和谐，那么顺眼，那么自然。

小锦囊

民间说唱

民间说唱，又称“曲艺”。说唱以说书人与观众直接交流，适当加入模拟性的表演，生旦净末丑，老虎狮子狗，全由一人一张嘴说学唱。民间说唱可以分为三大类：

一、说故事类。如评书、评话、相声等。

二、唱故事类。如大鼓、坠子、琴书、弹词、二人转、莲花落（lào）、苏州弹词等。

三、韵诵类。即一种半说半唱、似说似唱的诗体念诵方式，如数来宝、山东快书、天津快板等。

智慧谷

1. 这组文章中多处描写了听书的乐趣，找到这些内容，体会作者的情感。

2. 在网上找一段曲艺节目欣赏，体会其表演上的特点。

3. 试着演一演《开脸儿》中介绍的某个“开脸儿”。

方言的味道

广东人爱吉利话[①]

任溶溶

广东人习惯上爱听吉利话，即好彩头的话，避开不吉利的话，连在食物名称上亦然。最常见的例子有两个，是祖先传下来的。

一是“肝”，肝与钱包干瘪的“干”同音，不吉利，于是用与之相反的词“润”，湿润之润代替它。猪肝、鸡肝、鹅肝叫猪润、鸡润、鹅润。不但如此，还造了个方言字“膶”，即把润的三点水旁改为月字旁（即肉字旁）。

二是“舌”，舌与蚀本的“蚀”同音，更不吉利了，于是用与之相反的词“利”来代替它。不过这条“利”不仅用在猪、鸡等身上，叫猪利、鸡利等，连我们人的舌头也叫“利”。同样，也在利的左边加个“月”，造出了一个方言字“脷”。

还有，丝瓜，广东叫胜瓜，因为丝与“输”声音接近，干脆改丝为胜。过年要买的通书（旧式历书），声音更不吉利：通输。广东改其名称曰通胜，也是为了吉利。

也有些词不是为了吉利问题，而是为了更好听。例如“猪血粥”叫“猪红粥”，“猪耳”叫“顺风”，“鸡脚”叫“凤爪”或“凤足”。蛇肉与猫肉烧在一起叫“龙虎斗”。发菜与发财同音，蚝豉（háo chǐ）

① 选自《回想过去的事》，任溶溶著，浙江少年儿童出版社，2017年版。

与好市同音，发菜蚝豉做出来的菜就叫“发财好市”，年初五开市大吉总要吃的。

还有，猪的四只脚中，两只前脚比较肥，广东称之为“猪手”，更令食客欢迎。

知道了这些，我想，看广东菜谱就更容易明白了。

天上的日月云彩是哪里来的[①]

曹展民　讲述

尹培民　采录

小辰光听伲好婆讲[②]：勒浪[③]盘古氏开天辟地辰光，伊[④]一勿小心，一斧头把根天柱劈断，天就塌下一角，天河里格[⑤]水直望下面流，流得一天世界。女娲娘娘看见地浪[⑥]格生灵全沉杀勒水里，就炼了天罡（gāng）石去补天。勿晓得天罡石还勿够，天上还蓊（wěng）着一道缝，伊就把自家格身体也补上去。伊着[⑦]格五色衣裳就化成了天上五色云彩。因为伊一直想着伲地上格子子孙孙能生活下去，伊就把自家[⑧]哺育子女的两只大奶奶，一只变成天上格日头[⑨]，一只变作夜里格月亮，人多晒晒日头，就长力气，多望望月亮，人就变得聪明。人如果呒（ḿ）不[⑩]日头、月亮，就会像烂泥里

① 这个故事是用太仓方言讲述的。太仓位于江苏省东南部，长江口南岸。太仓方言属于吴方言。

② 这句话意思是，小时候听我的奶奶讲。辰光：时候。伲：我、我们，在这儿指“我的”。好婆：奶奶。

③ 勒浪：在。下文的“勒”也是此意。

④ 伊：他。

⑤ 格：的。

⑥ 地浪：地上。

⑦ 着：穿。

⑧ 自家：自己。

⑨ 日头：太阳。

⑩ 呒不：没有。

格虫一样哉！

（曹展民，女，98岁，太仓县板桥乡人。尹培民，男，53岁，太仓县陆渡中学教师。）

捉强盗[①]

朱自强　左　伟

属鼠蓝家隔壁搬来了一个新邻居。

新邻居川妹阿姨有一个可爱的小宝宝。

小宝宝每次见到属鼠蓝，都扇动着小手，冲他笑。

属鼠蓝每次见到小宝宝，就高兴得有好多话要说。他伸出手，小心翼翼地抚摸小宝宝的脸蛋儿，说：“小宝宝好可爱呀！和你做邻居真好！”

这一天，吃过了午饭，属鼠灰按照约定，来到属鼠蓝家的楼下。属鼠蓝拿来《三个强盗》这本图画书，两人坐在大门前看了起来。

这时，从一楼的院子里，传来了好听的哼唱声——

小竹叶儿，哗啦啦，
宝宝睡觉找妈妈，
搂搂抱抱快睡吧，
麻猴子来了我打他。

---

① 选自《属鼠蓝和属鼠灰》，朱自强、左伟著，甜果实绘，春风文艺出版社，2020 年版。

原来，是川妹阿姨在哄小宝宝睡觉。

川妹阿姨的声音轻轻的、甜甜的、柔柔的。她唱了一遍又一遍，声音越来越轻，越来越慢，就像火车跑远了。

“阿姨的声音真好听！我听了都想睡觉。”属鼠蓝说着，打了一个大哈欠。

属鼠灰看属鼠蓝垂着眼皮，迷迷糊糊的样子，就教训他说：“你总是说我看书溜号，你也溜号了？”

“我只是有点儿想睡觉，可是，我根本没溜号啊！”属鼠蓝不服气地说。

“你说你没溜号，那你说说，刚才看到哪儿了？”属鼠灰啪的一下把图画书合上了。

属鼠蓝抢过图画书，把书翻到了新的一页：“该看这一页啦！”

属鼠蓝和属鼠灰都不出声了，他们被上面的画面吸引住了。这一页的画面上有三个强盗，他们披着黑斗篷，背着麻袋，趁着夜色，正要潜入人家，去抢熟睡的小宝宝……

属鼠蓝和属鼠灰真为小宝宝担心哪。

突然，从隔壁的院子里，传来川妹阿姨的喊声：“我的孩子呢？我的孩子不见喽！”

属鼠蓝和属鼠灰吓了一跳。川妹阿姨的小宝宝不见了？这不是故事吗？难道书里的故事变成真的啦？

“我的孩子不见喽！”川妹阿姨又喊了一声。

这回，属鼠蓝听清楚了，是川妹阿姨的孩子不见了。他急忙合上书，拉起属鼠灰跑回了家。

属鼠蓝慌张地说：“有事情，打电话，电话号码是 5、4、3、2、1。我姥姥告诉我的。”

“5、4、3、2、1……”属鼠灰嘴里念着，按动了拨号键。电话里传来“嘟——嘟——嘟”的声音。

“喂！喂！我要报警！”属鼠灰对着话筒喊了起来。

话筒里传来一个女人不慌不忙的声音：“线路忙，请稍后再拨。谢谢！”

属鼠灰生气地说：“接电话的人一点儿都不着急，她说现在忙，让一会儿再拨，那坏蛋不就跑掉了吗？”

属鼠蓝提醒属鼠灰，说：“不对，报警应该找警察呀，他们有枪，可以捉强盗。快打 110！”

“对，要找警察。”属鼠灰说着，就拨打了 110。

电话接通了，属鼠灰慌慌张张地说：“警、警察叔叔！这、这里有强盗，偷了小宝宝，快来捉强盗啊！叔叔，别忘了带枪来呀！”

听筒里传来了不慌不忙的声音：“小朋友，要冷静！慢慢说，说清楚，‘这里’是哪里？”

“这里是……嗯……”属鼠灰结结巴巴回答不上来，他看着属鼠蓝，问：“属鼠蓝，叔叔问你，这里是哪里？”

“是米香街……11 号。啊，不，是 11 号的隔壁。”属鼠蓝回答。

“叔叔，是米线街，11 号的隔壁。”属鼠灰的声音更大了。

“喂，叔叔没听清。是米香街，还是米线街？”

属鼠蓝急忙把嘴巴贴到话筒上说道：“叔叔，不是好吃的米线的那个米线街，是很香、很香的那个米香街。”

“好，我们马上就到！你们关好门，千万不要出来呀。”

“嗯！”属鼠蓝和属鼠灰对着电话点点头。

属鼠灰放下电话，属鼠蓝问：“你说，川妹阿姨家来了几个强盗？他们会不会像图画书里的强盗，手里拿着枪啊？”

属鼠蓝这么一说，属鼠灰也害怕了。他跑去检查门是不是关紧了。然后和属鼠蓝一起趴在窗子上，紧张地向外面看。

不一会儿，一辆警车拉着警笛，闪着红灯，冲进了小巷，停在川妹阿姨家的门前。几个警察从车上跳下来，端着枪，冲进了川妹阿姨的家。

属鼠蓝大叫：“快看，警察叔叔带着枪呢，小宝宝不会有事了吧？”

过了一会儿，传来了一阵小宝宝的哭声。

“听，小宝宝被警察叔叔抢过来了。”属鼠蓝说。

“强盗一定被捉到了。”属鼠灰说。

“嘘！”属鼠蓝竖起耳朵细心听，“不对呀，怎么没有听到枪响啊？”

“警察叔叔可能没用枪，用的是铁头功吧。”

“嗯！也许是降龙十八掌！”

就在属鼠蓝和属鼠灰胡乱猜想的时候，警察叔叔笑眯眯地走了出来。川妹阿姨跟在后面，怀里抱着她的小宝宝。小宝宝扇动着小胳膊，咯咯地笑个不停。

“警察叔叔好厉害，没有用枪，这么快就救出了小宝宝。”

“喂，怎么没有强盗呢？”属鼠蓝发现了问题。

“是呀，强盗呢？”属鼠灰也很吃惊。

属鼠蓝和属鼠灰急忙跑到楼下。

看到他们俩，警察叔叔问道：“报警电话是你们打的吧？”

属鼠蓝和属鼠灰顾不上回答问题，他们看着警察叔叔，急切地问：“强盗呢？叔叔，强盗在哪里？”

“哪有什么强盗！”警察叔叔笑着说。

“强盗没来偷小宝宝吗？”属鼠灰问。

“没有人要偷小宝宝。不过，阿姨还是要谢谢你们！”川妹阿姨摸着他们的头说。

“可是，川妹阿姨明明喊了：‘我的孩子不见喽！’是吧，属鼠蓝？”

“对，阿姨就是这样喊的。”属鼠蓝肯定地说。

“好孩子，你们一点儿都没有说谎，而且很勇敢！”警察叔叔和川妹阿姨还是笑个不停。

属鼠蓝和属鼠灰越来越糊涂了，这到底是怎么回事？

“告诉你们吧，没有人偷小宝宝，是川妹阿姨的一双鞋子不见了。”警察叔叔又笑起来，“川妹阿姨从四川来，在四川话里，就把鞋子说成‘孩子’。川妹阿姨平时讲的都是普通话，刚才一着急，就喊出了四川话。”

属鼠蓝和属鼠灰互相看着，谁都不说话了。

警察叔叔看着他们俩，说：“来吧，勇敢的小伙子，作为奖赏，叔叔开警车，带你们兜一圈儿。”

属鼠蓝和属鼠灰喜出望外地上了警车。警车拉着长笛，威风地奔跑起来。

西峒官话[1]

小河丁丁

我好喜欢我们西峒官话哦！

老木头墩子要叫墩公，好像它也会说话会咳嗽。公鸡公鸭叫鸡公鸭公，母鸡母鸭叫鸡婆鸭婆，但是虾子不分公母都叫虾公，实在难分也没有必要分嘛。

中午，要说晌午。但请你“吃晌午”可不是请你把中午吃掉，中午怎么吃得掉呢？是请你吃晌午饭。

好到顶，就说“称霸了”“算霸了”，连鸡腿鸭腿也叫“鸡霸腿”“鸭霸腿”。

小要说“崽”，说“崽崽”！婴儿胎毛多，叫毛毛崽，弟弟也叫毛毛。小孩子叫小人崽崽，骂起来就叫鬼崽崽。男孩子叫奶崽、奶崽们。女孩子叫女崽、女崽们。小鱼叫鱼崽崽，小虾叫虾公崽崽。小凳子叫凳崽崽，小石子叫石头崽崽，小刀叫刀崽崽，手指叫手崽崽，脚趾叫脚崽崽……此外还有猪崽崽、狗崽崽、鸡崽崽、鸭崽崽、蚂蚁崽崽……猫不管大小都叫猫崽，老猫叫老猫崽，小猫叫猫崽崽崽。鸟不管大小都叫鸟崽，雏鸟叫鸟崽崽崽。猫崽崽崽，鸟崽崽崽，一连三个崽，叫起来好好听。

---

① 选自《唢呐王》，小河丁丁著，江苏凤凰少年儿童出版社，2017 年版。题目为编者加。西峒，在湖南省宁远县。

我们西峒不说很，说好，说蛮，很好就说好好、蛮好。不说玩，说耍。你到哪里耍去？好不好耍？

好远好远的地方不说天涯海角，不说天边，说“海楼湾”！

西峒在阳明山中，离海千里万里，却爱说海字。说人家很脏，“像海鬼一样”。盐，因为是海里出产的，又像沙子，就叫“海沙子”。大号的碗叫“海碗”。螃蟹叫“蟹海”。说大话叫“夸海口”。给奶崽们起名也爱用海字，我认识的就有海海、小海、海波、海山、海军……

西峒管小伙子叫后生家，妇女叫女人家，老人叫老人家，好像长大了就成了家。

西峒官话还有好多叠词，很湿说湿蘸蘸，很红说红绯绯，很酸说酸嗝嗝，很硬说硬邦邦，很黑说黑墨墨，很亮说亮光光；泥土叫泥巴巴，木板叫板板，棒子叫棒棒，轮子叫滚滚，糍粑叫打粑粑，知了叫叫知知；长筒靴叫筒筒鞋，拖鞋叫拖拖鞋，皮鞋走路“阔阔”响，就叫阔阔鞋；渔鼓敲起来“乒乓”响，叫渔鼓乒乓……

西峒官话是那样亲切，那样充满童趣，大人说话也像小人崽崽。

小锦囊

方 言

我国幅员辽阔，人口众多，由于社会的分离、人群的迁徙、地理的阻隔、民族的融合等原因，各地使用的汉语口音各不相同，形成了各自的方言，也叫地方话。一般认为，汉语目前存在七大方言：北方方言、吴方言、赣（gàn）方言、湘方言、闽方言、粤（yuè）方言、客家方言。本组故事里的《天上的日月云彩是哪里来的》就是吴方言的讲述记录。吴方言是汉语历史最为悠久的方言。

智慧谷

1. 你会说自己家乡的方言吗？你说的方言中有哪些有意思的词语？

2. 向外地的亲戚、朋友，或者通过其他方式，学说几句其他地区的方言。

母亲的话

母亲的话[①]

金 波

记得我小时候，穿衣服极不在意，刚穿上身，转眼工夫弄得又脏又皱，母亲见了就说："看，这衣服像从眼药瓶里掏出来的！"

形容衣服皱皱巴巴，用了这么一句生动的话，让我笑了很久。因为在我为数不多的玩具里，就有一个小小的眼药瓶，那是一个比我的小拇指还细还短的小玻璃瓶。一件衣服不可能塞进去的；塞进去还要掏出来，可以想见会皱皱巴巴成什么样子。当然，后来我知道了这是一种夸张的说法。正因为如此，我记住了这句话，同时也记住了穿衣服要注意整洁、要爱惜。母亲的一句不经意的话，真比讲一番大道理印象深刻啊！

母亲说话，从不咬文嚼字，总是脱口而出，却让我铭记在心，尤其在我小时候，她说过的许多话，对我来说，都像箴（zhēn）言警句一般，影响着我的人生。

我住在北京多年，前后多次搬家。记得第一次搬家，我刚上小学。母亲一面布置新的家，一面告诉我："远亲不如近邻。邻居处好了，就像一家人；处不好，低头不见抬头见，多别扭！"

从此我记住了"远亲不如近邻"这句话。在我的印象里，每搬

---

① 选自《感谢往事》，金波著，浙江少年儿童出版社，2001 年版。

一次家，她必重复这句话。

她也的确是这样做的。对邻居总是十分和善友好，有时候，双职工的孩子放学回家，忘了带钥匙，进不了家门，她就接到家里来，拿出书报画册给他读。我记得有一段时间，她还接待过邻居的一个孩子，每天在我家吃午饭。

对小孩子如此，对邻居的老人更是问寒问暖，关怀备至。我家对门住着两位年逾九旬的老夫妇。母亲那时候，也已经是七十多岁的人了。她每过几天，总要过去看看，问问有什么事情需要帮助。楼上还有位年龄相近的老奶奶半身不遂，母亲每当听见楼顶有什么动静，就要上楼看看，还要坐下来，陪她聊聊天，以解她的寂寞。

母亲常常说起的第二句话是“家宽不如心宽”。我记得这句话是由分配住房引发的。母亲常常用这句话劝慰那些住房紧张的年轻人，或是家庭生活不够和睦的人。她常用这句话告诉我们，和和美美地过日子，心地宽和，比住什么高楼广厦都好。她也常举那些居室虽豪华宽敞，家庭气氛却并不融洽和谐的人家做例子，来证实人的感情生活和精神世界比物质享受更重要。

我没问过母亲从什么书本上读到的这句话，只记得她讲过后，我就铭记在心，永不忘记。多年来，我一直把这句话作为一种生活的境界。一个人，虽然居室不宽裕，但栖居其间，与亲人长相厮守，相牵相挂，你就是一个“心宽”的人，一个富有、豁达的人。

母亲说过的另一句话也很生动、很形象。我已不记得她说这句话的缘由，只记得她用略带讥讽的神情说过：“人不能太贪，不能

'蹬鼻子上脸'！”母亲不是作家，也没上过正规的学校，只是粗通文字，能读读信报而已。但她这句随口说出的话，让我这从小喜欢文学的人感到新鲜活泼，甚至有些惊奇，她怎么会说出这么富于“文学性”的语言呢！

这句生动的比喻，道出了她的人生态度，她总是以平和的心对待生活，对待亲朋；对于晚辈，从不倚老卖老。她一生是奉献的多，要求的少。在她跟前，无论何时，总让我想起童年时代春晖寸草的感戴心情。

母亲的这些俗语、谚语，都是人们多年生活的体验和总结。母亲用她生活的阅历验证了这些话的真实、正确，因而已变成了她的语言。她脱口而出，用得巧妙，用得自然，让人听了，经久不忘。后来，我从事写作，母亲的音容笑貌，常常浮现在我的眼前，她说过的那些话，也常常使我感悟到天理良知，并跳进我文章的字里行间，又给更多的人以教益。

月光母亲[①]

孙友田

母亲患了老年痴呆症，失去了记忆。我赶回老家去看她时，她安详地坐在藤椅里，依然那么和蔼、慈祥，但不知我从哪里来，不知我来干什么，甚至不知我是谁。不再谈她的往事，不再谈我的童年，只是对着我笑，笑得我泪流满面。

微风吹乱了母亲的满头白发，如同故乡的天空飘满愁絮……

坐在面前的母亲忘却了她给我的那份爱。故乡的天空不会忘记。是母亲那一双勤劳的手为我打开民间文学宝库，给我送来月夜浓郁的诗情。让明月星光陪伴我的童年，用智慧才华启迪我的想象。

苦涩童年的夏夜却是美妙的。暑热散去了，星星出齐了，月亮升起来，柔和的月色立即洒满了我们的篱笆小院。这是在孩子眼里最美的时辰。母亲忙完了一天的活计，洗完澡，换了一件白布褂子，在院中的干草堆旁，搂着我，唱起动听的歌谣：

“月亮出来亮堂堂，打开楼门洗衣裳，洗得白白的，晒得脆脆的。

“月姥娘，八丈高，骑白马，挎腰刀……

---

① 选自《百年烟雨图》，吉狄马加、张同吾主编，中国文联出版社，1999 年版。

“月儿弯弯像小船，带俺娘们去云南，飞了千里万里路，凤凰落在梧桐树。凤凰凤凰一摆头，先盖瓦屋后盖楼。东楼西楼都盖上，再盖南楼遮太阳。”

她用甜甜的嗓音深情地为我吟唱，轻轻的，像三月的和风、小溪的流水，小院立即飘满她那芳香的音韵。

那时，我们虽然过着清贫的日子，但精神生活是丰富的。黄河留给家乡的故道不长五谷，却疯长歌谣。母亲天资聪颖，一听就会。再加上我的外婆是唱民歌的能手，我的父亲是唱莲花落（又叫数来宝）的民间艺人。母亲把故乡给予的爱，亲人给予的爱，融为伟大的母爱，伴着月光给了我，让一颗混沌的童心豁然开朗。

母亲唱累了就给我讲嫦娥奔月的故事，讲牛郎织女天河相会的故事……高深莫测的夜空竟是个神话的世界。此时明月已至中天，母亲沉浸在如水的月色里，像一尊玉石雕像。她又为我唱起了幽默风趣的童谣，把我的思绪从天上引到人间：

“小红孩，上南山，割荆草，编笸（pǒ）篮，筛大米，做干饭。小狗吃，小猫看，急得老鼠啃锅沿。

“小老鼠，上灯台，偷油喝，下不来——老鼠老鼠你别急，抱个狸猫来哄你。

“毛娃哭，住瓦屋。毛娃笑，坐花轿。毛娃醒，吃油饼。毛娃睡，盖花被。毛娃走，唤花狗，花狗伸着花舌头。”

民谣童谣唱过了，我还不想睡，就缠着她给我说谜语，让我猜。母亲说：“仔细听着：麻屋子，红帐子，里边睡个白胖子——是什么呀？”

我问：“朝哪里猜？”

母亲说：“朝吃的猜。”

我歪着头想了一会硬是解不开。母亲笑着说：“你真笨，这是咱种的花生呀。”

母亲不识字，却是我的启蒙老师。她在月光下唱的那些明快、流畅、含蓄、深刻的民歌民谣，使我展开了想象的翅膀，飞向诗歌的王国。

母亲失去了记忆，而我心中却永远珍藏着那一轮明月……

小耗子　上灯台[1]

梁从诫

不识字的保姆是我最早的文学老师。她教了我许多老北京儿歌。近七十年过去了，我仍然铭记心头：

小耗子，上灯台，
偷油吃，下不来，
叽呱叽呱叫奶奶，
奶奶老不来，
叽里咕噜滚下来。

上轱辘台，下轱辘台，
张家妈妈倒茶来。
茶也香，酒也香，
十八个骆驼驮衣裳。
驮不动，叫马楞。
马楞马楞含口水，
喷得小姐（儿）花裤腿（儿），

① 选自《师道师说·梁从诫卷》，梁从诫著，东方出版社，2014 年版。

小姐(儿)小姐(儿)你别恼,
明(儿)个后(儿)个车来到。
什么车?红轱辘轿车白马拉,
里头坐着个俏人家。
灰鼠的皮袄银鼠的褂(儿),
对子荷包(儿)小针(儿)扎。

槐!槐!槐树槐!槐树底下搭戏台。
人家的姑娘都来了,就是俺(们)家姑娘还不来。
说着说着就来啦:
骑着驴(儿),打着伞(儿),光着屁屁绾着髻(儿)。

背着包袱上西南,西南河北有大船。
船来到,本姓张,张家地里出霸王。
霸王草,霸王料,喂得大马小马欢欢跳。
大马拴在梧桐树,小马拴在小庙门(儿)。

庙门(儿)对庙门(儿),老张娶个好媳女(儿),
生个孩子叫五绳(儿),阴天下雨倒尿盆(儿)。

这种十足土气、粗犷的儿歌,使我学会了欣赏韵律、百姓的情趣和幽默。它们终身伴随着我,滋养着我的心灵。多年后,我又把它们传给了自己的女儿。而留学的女儿暑假从美国归来，到北京郊区贫困农村去做实习教师，竟然又把它们传给了那里的孩子。“美国回来的大学生会去教孩子这种不入流的东西”，农村出身的本地教师竟狠狠地把她奚落了一顿！

还有一首，内容稍差，是住在后园的金爸（金岳霖）教的，可能也是他小时候跟他爸妈学的吧：

鸡冠花，满院子开，大娘喝酒二娘筛，
三娘倒在床上睡，四娘坐着不起来。

我和姐姐把它改成“金爸爸，满院子开……”大人听了皱眉，我们却越唱越起劲儿。

小锦囊

莲花落

莲花落（lào），曲艺的一种，说唱兼有。多为一人表演，自说自唱，自打七件子伴奏。所谓七件子，是分执于两手的竹板，右手执两片大竹板，左手执五片小竹板。莲花落的传统曲目，多为脍炙人口的历史故事和当地人熟悉的民间传说等。

2011 年，莲花落被列入第三批国家级非物质文化遗产名录。

智慧谷

1. 这组散文深情回忆了童年时，母亲或保姆给自己念诵歌谣、讲述故事的事情。通过作者的描写，你能想象出当时的情景吗？

2. 作者的文字深情、真挚，建议通过朗读体会作者的情感。有条件的话，朗读时可以配上合适的音乐。